AF366928

UNA HISTORIA NO TAN VERDADERA

DAVID R. RODRÍGUEZ

Copyright © 2023 David R. Rodríguez
Todos los derechos reservados.
ISBN-13: 978-84-09-53807-2

Autor: David R. Rodríguez
Portada: Sergio Mesa Ramos

Para ti, que tienes este libro en tus manos.

Gracias por dedicarle tu tiempo.

PRIMERA PARTE:
FIN

1. Amarilla y negra

Tiempo muerto. Es una expresión que siempre me ha hecho gracia. Las personas siempre decimos que todo tiene solución menos la muerte. El tiempo es el único que puede jactarse de ser inmortal y, aún así, nos empeñamos en matarlo a través de las palabras. Pero un día infelizmente descubres que esta expresión es más cruel, dura y verdadera de lo que jamás habrías soñado. Literalmente dejas de respirar, todo se detiene. Las personas se mueven cada vez más y más despacio a tu alrededor, y los coches dejan a cámara lenta un haz de luz tras de sí en la inmensidad de la noche. Todo lo que miras parece brillar intensamente, mientras que dentro de ti la oscuridad te muerde, ensañándose con tus entrañas hasta que ya no queda nada. Ni aire, ni agua. Nada que bailar. Espeso y húmedo, pesado, intentas moverte en la dirección adecuada pero cada paso te aleja más de la salvación. Estás atrapado, no hay salida: es tiempo muerto.

Así me siento yo en este momento. Tengo delante de mí a la chica de mi vida gritándome en medio de una céntrica calle de Barcelona que me odia, que le doy asco, que solo fui uno más, que ojalá me muera y no sé cuantas cosas más. Está absolutamente borracha, pero, ¿es eso excusa?

Me duele mucho el pecho, me estoy mareando.

Un esfuerzo más, intenta resistir, me digo, absolutamente pálido mientras observo, como desdichado protagonista, la peor escena de mi vida. Que se va a follar a mil tíos más, me grita. Que estoy gordo, que soy un calzonazos. Veo como, fuera de sí misma, baja de la acera poniéndose en peligro ante los coches que transitan a velocidad considerable. Intento que lo que me sigue diciendo a grito pelado no me afecte demasiado mientras pongo los cinco sentidos en procurar que no se haga daño, que no cometa una locura. La devuelvo a la acera por la fuerza y su respuesta es un empujón en el que intenta que sea yo el atropellado. Oigo un sonido metálico en el suelo, creo que es la pitillera. Los coches pasan tan cerca que uno de ellos le destroza el rostro a Marilyn. Sin aliento, vuelvo a la acera. Casi lo consigue.

Casi.

Es el único momento de *todas nuestras relaciones* en el que pierdo los papeles. Le grito que qué coño le pasa, que si quiere que me maten. Su respuesta es sí. Una vez más, paciencia, que no te afecte, que no te afecte, sigue cuidando de ella hasta que se le pase el estado bélico.

Me invade una terrible e inevitable sensación de *dejà vu*.

Saca del bolso su teléfono y llama a su madre. Son prácticamente las seis de la mañana, no sé si se lo cogerán... Pues sí, habla con su madre. Que mi novio es un imbécil que me destroza la vida, ¿puedo dormir esta noche con vosotros? Sí, te quiero mucho mami, *muuuuua,* dice con voz extremadamente dulce. No te jode. Llevo años oyendo que sus padres son los mayores cabrones del mundo, pero ahora lo soy yo, y ellos, sus héroes. *And the Oscar goes to...*

Sé que la estoy perdiendo. Veo que llama a un taxi, lo para. Llegados a este punto me dan miedo dos cosas: la primera, que de camino a casa le pase algo, no me fío de su estado; la segunda, no volverla a ver. Así que decido impedir que suba sola a ese taxi, ir con ella, acompañarla, pero fracaso. Me lo impide. Ahora lo que intento es que ella tampoco suba. Mala elección. Me esfuerzo por hacerla entrar en razón, le digo que no debería irse así, pero el taxista ya ha salido corriendo dando voces a unos mossos d'esquadra que están en la otra acera ocupándose de alguna multa o de algún otro borracho. "He visto a este chico forzando a esta chica". La cosa se complica. Lorena sube al taxi mientras a mí se me encaran dos policías jóvenes con ganas de ser superhéroes por una noche, en especial si salvan con ello a una bella dama. Me piden explicaciones y, cuando intento darlas, me doy cuenta de que el tiempo muerto, tan real, tan duro, tan asfixiante, me ha dejado sin saliva. No puedo hablar, la lengua se me pega en el paladar, y me da un extraño acento o, mejor dicho, me hace parecer que voy totalmente drogado. Llegan más policías, me rodean unos cuatro o cinco, entre ellos una mujer con semblante más compasivo que sus compañeros de los X-Men. Se va a hablar con Lorena y vuelve calmando los ánimos de Lobezno y compañía explicándoles que ha sido una discusión de pareja. Chico, lo siento, dice que se va a su casa y que no quiere verte, llámala mañana.

Febrero. Veo alejarse el taxi, Lorena me mira a través de la ventanilla del mismo, con cara triste, creo. Yo me quedo ahí, alucinado, viendo como el amor se va dentro de una masa de metal amarilla y negra.

2. Mamá y Papá

¿Qué día es hoy? Me despierto sola en mi cama, una vez más. No me apetece salir de mi habitación, me siento agotada. Oigo a mis dos compañeras de piso, dos peruanas insípidas, parloteando sobre cosas que no me interesan. Tengo clase dentro de dos horas, eso significa que tengo cuarenta minutos para decidir si voy o no. Me duelen un poco las piernas, todavía no se me han curado del accidente que tuve en verano. Las quemaduras persisten negras en mi piel, no tengo claro si se esfumarán sin dejar rastro, o si por el contrario han encontrado en mis muslos el aposento perfecto.

Dios, mi habitación está hecha un desastre. Debería hacer limpieza, mimar más mis cosas, doblar la ropa, vaciar el cenicero. Hacer las cosas que haría una madre, vaya; las cosas que mi madre no solía hacerme.

Con mis padres la relación nunca ha sido fácil. Mi Papá es una persona recta, de convicciones firmes, de esas que nunca da su brazo a torcer y perdería a sus seres más queridos por proteger su terco orgullo. A mi madre la veo sumisa, una mujer bella, sofisticada, con un puesto elevado en una empresa importante, pero vive como un mueble más en un ático de Pedralbes. Para mí no es un secreto que hace tiempo que dejaron de ser felices el uno con el otro, pero de cara a la galería son un matrimonio ideal, modélico, de los que dirías que tienen buen sexo y conversaciones trascendentales. Puro cristal. Sé que se han sido infieles, sé que no se soportan demasiado, sé que el amor brilla por su ausencia. A veces ni siquiera a mí parecen quererme, a mí, su hija, su única hija. Y yo me pregunto día tras día qué he hecho tan mal, si yo no pedí venir al mundo, si yo no pedí nada. Venir al mundo...si pudiéramos volver atrás no te tendríamos, me dijeron en una ocasión. ¿Acaso son conscientes del daño que eso provoca en una hija? El amor hacia los padres es incondicional, ¿no pasa lo mismo con el amor hacia los hijos? Ni siquiera esa clase de estima parece salvarse hoy en día. Pero en el fondo tienen que quererme, sí, seguro que sí, solo que no saben demostrármelo. Debe ser eso, y por ello estoy aquí, viviendo en un piso-cárcel, con dos latinas que me tratan como si fuera un fantasma, soy la mujer invisible para ellas.

Qué vacío tan enorme…

Mejor no pensar mucho en ello, mejor me visto y me voy a la universidad.

La universidad. La facultad de letras y las diez asignaturas que hago este trimestre. Las diez asignaturas que hago este trimestre y el reto de mi padre. Mi padre y mis ganas de ganarme su respeto, sus elogios, su admiración. Necesito aprobarlo todo como sea. De momento me mantienen ellos, con la condición de que la carrera esté terminada este curso. Creo que ni siquiera lo hacen por mí, que lo que necesitan es poder decir que tienen una hija licenciada en algo, por aquello del *postureo*. Es el problema de haber nacido en el seno de una familia de dinero, fría, recta, terca, de apariencias: deberle más a los demás que a uno mismo, deberle más a la fachada que a los pilares de hormigón que sostienen tu ser. Y ahora que pienso en fachadas, me vienen a la mente los momentos en los que mi padre me pesaba cada día por la mañana al despertar, "has engordado" me repetía día sí, día también, y una niña de ocho años tragaba con ello. Come menos, come menos, no estás bonita así. La apariencia lo es todo, ¿verdad, Papá?

De adolescente nunca fui bonita. Era rara, de esas que leen revistas especializadas en cómics japoneses -incluso me las compraba en idioma nipón aunque no entendiera nada-. Mi cara estaba cubierta de pequeños granitos que, aunque no fueran la cosa más horrible del mundo, tampoco resultaban agradables. Fui bastante antisocial, me relacionaba poco, a excepción de mi vínculo con Mónica. Es más, hablaba en un tono casi inaudible e intentaba no sonreír para no enseñar mis aparatos. Creo que pasé bastante desapercibida y, teniendo en cuenta que era la chica más alta de mi clase, eso no dice mucho en mi favor. Sin embargo, hoy en día los babosos se me quedan mirando, y los que se precian de no serlo, también. Y pese a que la expresión de sus caras es repugnante en ocasiones, no puedo mentir: me gusta. Me gusta que me miren. Me gusta sentirme deseada, que me follen con la mirada. Me gusta notar cómo han cambiado las cosas.

Como pasó con Alexis.

Nos conocimos en la escuela primaria, la típica en la que los niños llevan uniforme azul con el emblema del colegio y en el que la educación es elitista y estricta. Él era el chico guapo de la clase, siempre lo fue. Rubio, con una sonrisa impecable y las facciones muy marcadas, de nariz larga, que le dotaba de personalidad aparente. A decir verdad, yo nunca pensé que fuera *realmente* guapo, pero era él en conjunto: su carácter, su sonrisa, su pelo, sus ojos marrones pero claros; era el líder, y eso, en la infancia, equivale a ser el guapo. ¿O era al revés?

Todas estábamos enamoradas de él. Todas. Incluida yo, la rara, la alta, la *monstruo cuello-largo*. Con el paso de los años pienso que, quizás, solamente me fijé en él porque todas las demás lo hacían, pero el caso es que de tanto repetir que me gustaba me acabó atrayendo realmente. Me pasé tres años suspirando por él entre clase y clase, observándole en el recreo mientras él jugaba a futbol y yo me comía mis magdalenas sola y apartada. Pasamos a secundaria y seguía suspirando por él. Lo que yo no sabía es que él también se había fijado en mí, pero de una manera distinta…

Empezó a reírse de mí, a machacarme. Cosas de críos, supongo, ¡pero cómo me dolió! Fueron innumerables las veces que sentí sus miradas tras mi larga nuca, sus sonrisas conspiradoras, trigonométricamente enlazadas contra mi persona. Los profesores de escuela deberían estar más atentos a este tipo de problemas, proteger más a los alumnos, en especial a aquellos que presentan problemas de adaptación. Los odié a todos, a unos por iluminados y a otros por apagados, hasta el punto de fantasear con sus agónicas muertes. Como en todo, hubo un suceso que quedó marcado en mi memoria, que resume a la perfección esta etapa y que además rompió mi pre-adolescencia en dos. En clase de lengua catalana nos propusieron una actividad que consistía en escribir una redacción descriptiva sobre un compañero de clase sin decir su nombre. La leeríamos en voz alta y el resto deberían adivinar de quién se trataba. Yo hablé de Alexis. A decir verdad todas lo hicimos.

¿Y de quién habló Alexis?

Pues habló de una chica cuyo cuello parecía sacado del Jurásico, cuyos granos hacían pensar en paellas, cuyos aparatos dentales recordaban al malo de las Tortugas Ninja, una chica que debía de ser muda porque nunca hablaba, una chica fea, insulsa, y de la que era fácil reírse: habló de mí.

Pocos años más tarde, cuando ya hacía el suficiente tiempo que no veía a Alexis como para no acordarme de él, me lo encontré en una discoteca. Le reconocí al momento, y la verdad, no sentí odio, sino más bien nostalgia. Y morbo. Él me vio, y enseguida vi cómo le brillaron los ojos, unos ojos que me desnudaron en un segundo y medio, y animado les dijo a sus amigos que había visto a un *"pibón"*. Se me acercó, con aquella sonrisa inconfundible, y charlamos un buen rato. Él no me reconoció, y yo no le dije quién era. Acabamos en su casa. Sus padres estarían fuera en algún dúplex adosado y pijo de las afueras pasando tranquilamente el fin de semana, mientras su hijo, universitario de segundo año y capitán del equipo de fútbol del barrio, querido por todos, se comportaba y cuidaba bien de la casa. Nos besamos largo rato y, al ver que no se decidía, le desabroché el pantalón. Le noté nervioso. ¿Acaso era virgen? Le bajé los pantalones y se desesperó por apagar la luz. No le di tiempo.

Le arranqué los calzoncillos y...

El petit Alexis.

"Menos mal que siempre se te dio bien el fútbol, Alexis. Al menos en el insti eras alguien." Eso fue lo que le dije. Y me fui.

El planeta funciona así. La gente fea no tiene dónde ir, son rechazados socialmente. Yo lo comprobé en la escuela primaria y en el instituto, y ahora solamente necesito un poco de rímel y un poco de escote para vengarme de todos ellos. Me parece patético, pero peor sería seguir siendo una marginada. De todas maneras, espero llegar a la cima por mí misma, por mis logros académicos. Sé que puedo conseguirlo, soy brillante cuando me lo propongo, se me da bien redactar y tengo cultura. Tan solo necesito un empujón, un esfuerzo más, un aliciente. Y por la hora que es, necesito cambiarme de ropa y coger el tren. Será difícil escoger qué ponerme, aunque sea para asistir a clase tengo que ir guapa, porque la apariencia lo es todo, ¿verdad, Papá?

3. Orígenes

Qué agobio. Disney nos engañaba cuando éramos pequeños. Aladdín por fin consiguió a Yasmín, no sin antes derrotar al malvado Jaffar y   liberar al Genio; La Bestia dejó de serlo para triunfarse a Bella; el zorro de Robin Hood no dejó escapar a su amada; La Cenicienta supo encandilar al príncipe más fetichista que se ha conocido jamás; La Bella Durmiente despertó para dormirse con su amado, y Blancanieves nunca olvidará el mejor beso de la historia de la animación. Pobres criaturas. Nunca nos mostraron lo que pasó después.

Nadie nos dijo que finalmente Yasmín se fugó con el Genio, y que Bella probablemente fue maltratada por Bestia, porque aunque la bestia se vista de príncipe, bestia se queda. Nadie nos dijo que a Robin Hood no le fue bien con Lady Marian, ¿una doncella de alta estirpe con un canalla bandolero? No tenían ningún futuro. La Bella Durmiente era una persona más aburrida que la propia película, así que su apuesto príncipe debió partir en busca de nuevas y excitantes aventuras. Y qué decir de Blancanieves, cuando has compartido habitación con siete enanos es que no eres de fiar.

Ojalá alguien me hubiera advertido: incluso las más bellas historias pueden degenerar en polvo estelar y, de hecho, así suele suceder. Si me hubieran avisado a tiempo quizás habría tratado mi propia historia de otra manera, con más calma, más tranquilidad, o qué se yo. Pero aquí estoy, aquí está ella, en mi casa, viviendo conmigo y con mi madre, atrapados en una espiral turbulenta y asfixiante que nos acerca inexorablemente al fin. Vivir con tu pareja nunca es fácil; vivir con tu pareja y tu madre lo es aún menos; vivir con tu pareja desde el primer día es firmar la sentencia de separación. Pero, ¿qué hacer si es la única opción que encuentras para cuidar de ella? ¿Y si ves que tu alma gemela sufre sin cesar y sientes la necesidad imperiosa de ayudarla en todo momento? Además, tener cerca a la persona amada es bonito. Pero ahora todo se ha deformado, y la imagen de lo que es y nunca fue resulta poco menos que una pintura borrosa y oscura.

Sus ojos la delatan. Me odia. Sus besos mienten. Sus caricias me destrozan. Sus palabras son un huracán. Su tono de voz, tormenta. El fuego antes eterno se apaga ahora tras un velo de color marrón. La habitación compartida, antes nido de ilusiones, cobijo de sensaciones, ahora es el corredor de la muerte. Qué nos ha pasado, me pregunto cada día. Qué hago tan mal, qué puedo hacer para no caer en el abismo terrenal de la desidia y la desilusión. ¿Acaso ella no valora nada mis esfuerzos? No, claro que no. No es consciente de lo que le ocurre.

¿Y yo? ¿Qué hay de mí? *¿Y si soy yo el enfermo?* ¿Y si todo este tiempo estuve *equivocado*? ¿Y si pude haberlo hecho mejor?

¿Tal vez me he convertido en mi padre?

Ese hombre que nada supo enseñarme más que a temer a la vida misma, a sentir vergüenza de lo que uno es. Alguien que sin poder evitarlo crea rechazo y daña a las personas que más debería amar y cuidar. Mis padres estuvieron juntos 25 años exactos, hasta que él decidió huir en brazos de otra mujer. No hubo despedida. Simplemente se evaporó. No le culpo. Veinte años soportando gritos, estados excesivamente malhumorados, insultos y demás vejaciones, no es como para estar especialmente enamorado. Pero, claro, tampoco puedes quejarte si previamente habías maltratado a esa persona. Es el Karma, la vida a veces te da lo que siembras.

Mi padre nació en la geografía de la España profunda, en un pueblo no tan perdido de la mano de Dios, pero sí lo suficiente como para ser, hoy en día, el que tiene menos renta por habitante de todo el país. Se crió en una familia particularmente extraña. No conoció nunca a su padre que, según le contaron, murió heroicamente luchando contra el espíritu del bosque que rodeaba la casita en la cual vino al mundo, así pues creció bajo las faldas de su madre. Bueno, bajo las de su madre, y las de su abuela por parte de padre. Contaba también con la presencia del hermano del mismo, Rafael, un tipo esbelto de brazos robustos, y con la esposa de éste, una pálida y tímida mujer que poco aportará en esta historia. A pocos metros de la casita donde habitaba esta curiosa conjunción de personalidades, existía otra morada en la que residían los otros dos hermanos de mi difunto y heroico abuelo, con sus respectivas señoras.

Mi padre me contó en una ocasión el motivo por el cual vinieron a vivir a Barcelona. Sucedió cuando él tenía siete años. En esa época, que una mujer estuviera sola mucho tiempo no estaba bien visto, ya que daba a entender que si no estaba con nadie, es que estaba con muchos, me dijo. Por lo visto, incluso los hermanos de mi abuelo empezaron a mirar mal a la desdichada viuda y a aconsejarle que buscase una nueva manera de vivir la vida. En esto era especialmente persistente Rafael, quien pasaba horas y horas charlando con mi abuela a solas, mientras ambos fumaban tabaco de pipa recordando a mi abuelo, y no sé qué otras cosas más. Rafael se portaba bien con mi padre, le solía dar algunas monedas, le contaba historias de lobos y fantasmas que habitaban el bosque, y cómo mi abuelo se había enfrentado a todos ellos. Una vez, incluso, le contó a mi padre que Ginés, mi heroico abuelo, sobrevivió, contando con dieciséis años de edad, solo en el bosque mágico durante cinco días, tras tener una discusión con su madre y adentrarse en la espesa arboleda en busca de soledad.

En el primero de esos días, mi abuelo vio a una chica de pelo rubio silbando una dulce melodía mientras se bañaba en un lago de color púrpura y que, según se piensa, nunca aparecía en el mismo lugar dos días seguidos. Mi abuelo, siempre viril y con ganas de seducir, se acercó a la muchacha, lentamente, únicamente para descubrir que ésta no tenía rostro. Invadido por el horror, mi heroico abuelo se echó a correr sin rumbo hasta que la noche hubo sucedido al día. Rodeado de una inmensa oscuridad, su única compañía fueron dos lobos de enormes dimensiones que no dudaron en atacarle, ambos con el estómago vacío, cabe suponer. Hizo de tripas corazón, puesto que nada en el mundo era más terrible que descubrir a una persona sin rostro, ni siquiera dos enormes lobos. Los combatió como pudo, con piedras en las manos demostrando una violencia inusitada. Una vez el primer lobo hubo muerto, el segundo huyó herido y asustado.

Al despertar con el amanecer, mi abuelo Ginés se sorprendió por verse cubierto de sangre y, según contaba él mismo, el olor de ese líquido granate, seco y enganchado a su piel, fue lo que le salvó de que otras bestias mágicas se le acercaran. Así que el segundo y el tercer día no enfrentó muchos problemas, salvo buscar el camino a casa. Mi abuelo, tengo entendido, era una persona que no se orientaba especialmente bien, cualidad que yo parezco haber heredado dos generaciones después. No le resultó fácil alimentarse, ya que los animales huían de él por su hedor. Solamente pudo comer algo de fruta madura, cosa que le disgustaba debido a su buen paladar cárnico. Así fue que al cuarto día decidió quitarse el olor a lobo muerto y buscó nuevamente el lago cambiante, tarea difícil pues nunca se encontraba en el mismo sitio dos días seguidos, pero tampoco ése era un obstáculo para el chico más desorientado del sur de España. Decidió guiarse por su fiero instinto o, mejor dicho, por el puro azar, y he aquí que tuvo suerte. Ahí estaba, delante suyo, ese magnífico lago extraño de agua purpúrea. Estrechó la distancia poco a poco, aterrorizado por la idea de volverse a encontrar con aquel extraño ser, esa mujer de cuerpo perfecto, cabellos dorados, pero sin ojos, sin boca, sin expresión. Al principio no vio nada que le inquietase, y llegó a pensar que tal vez aquella mujer había sido fruto de su imaginación, una alucinación.

Nada más lejos.

Se introdujo en el agua, más cálida de lo que cabía esperar, y empezó a frotarse. La sangre comenzó a despedirse de su epidermis, tiñendo poco a poco la superficie cristalina y púrpura de un rojo intenso y feo. De repente, algo se movió detrás de él, y el aire le trajo una dulce melodía silbada. Se giró, lentamente, y encontró una espalda cubierta por una espesa melena rubia y un contorno perfecto. No tengas miedo, le dijo la chica, acércate. Y él hizo caso. Sé que te asusté el otro día, verás, sufro de una terrible maldición; cuando un chico me mira directamente a la cara mi rostro desaparece, pero si lo buscas a través del reflejo del agua podrás verlo, por eso me gusta tanto este lugar, decía ella, y su voz era música. Mi abuelo se acercó y, efectivamente, vio su rostro en el agua. Era preciosa, según cuentan. Y ahí estaban los dos, el pecho desnudo de Ginés contra la espalda de esa extraña chica de indefinible edad. Él la cogió por la cintura y le susurró al oído lo bonita que era, a lo que ella respondió que, si le prometía no mirarla directamente a la cara, sería suya en ese momento, en ese lugar. Mi abuelo no se lo pensó mucho y la penetró suavemente desde atrás, mirando su rostro en el magnífico reflejo del agua. Al parecer la chica no paró de silbar aquella dulce melodía mientras hicieron el amor. En la mañana del quinto día de su huída mi abuelo se despertó solo y, con el lago ya desaparecido, le pareció ver, a lo lejos, su casa.

Mi padre se quedaba escuchando las historias de Rafael, imaginando cómo mi abuelo había vivido aventuras increíbles. Le resultaba reconfortante pensar que era descendiente de alguien tan singular. Una noche, después de hablar largo y tendido con su tío, mi padre, cansado ya, se fue a la cama, pero era una de esas lunas en las que es imposible conciliar el sueño por muy agotado que estés. Escuchó como su madre y Rafael hablaban en la cocina, que estaba cerca de su habitación, y cómo éste le invitaba a fumar algo de tabaco. Mi abuela accedió y se fueron al comedor, a charlar de sus cosas, supongo. Al cabo del rato entraron en la habitación donde dormían ella y mi padre que, por no molestar, se hizo el dormido. Entonces Rafael susurró algo, probablemente en el oído de mi abuela, y ella le respondió "solo si prometes no mirarme directamente a la cara". Durante los quince minutos siguientes, mi padre pudo escuchar una dulce melodía silbada, entre gemido y gemido.

Cinco meses más tarde, fue imposible ocultar que mi abuela estaba embarazada por su propio cuñado, que estaba ya casado con una mujer pálida y tímida que, como ya prometí, poco aporta en esta historia. La familia, que vio en ella al mal puro, tomó una decisión: o bien abandonaban el pueblo mi abuela y mi padre, o bien le desfigurarían el rostro hasta el punto de que nadie se atreviese a mirarla directamente nunca jamás.

No hace falta decir que mi abuela decidió emigrar, y ya se sabe a dónde.

4. Un techo desconocido

No reconozco este techo, pero sí esta sensación; la misma que me invade cada vez que me despierto bajo uno desconocido, lo cual suele ser a menudo. A mi lado, un chico esbelto, no tan guapo como ayer, desnudo y recién corrido. No estuvo mal el polvo, pero prometía más. Mucho más.

Siempre creí que sería bonito conocer a alguien en el transporte público, me parecía muy cinematográfico. Cruzar la mirada en un metro, en un autobús, coger el mismo taxi con un desconocido. Es romántico. Es de canción, de videoclip. Es de película. Sí, como en esa que *Sandra Bullock* trabaja vendiendo los tickets del metro, y se enamora de un hombre que cada día pasa por su parada a la misma hora. Tiene un algo especial. Lo usamos mucha gente, pero casi nadie se habla. Suele ser silencioso, las personas leen, adelantan trabajo, escuchan música, quizás juegan a algún videojuego portátil. Pero apenas hay comunicación. Sin embargo, de tanto en tanto, surgen momentos, chispas, con algún desconocido que te mira con cara de maldecir haberte encontrado en el ferrocarril y no en alguna discoteca. Con cara de deseo y, a veces, incluso admiración. Pero lo mejor no es esa chispa que nadie consigue aprovechar, sino jugar con ella, con la incertidumbre de no saber quién bajará primero, si tú o él. Y cuando eso sucede, adiós, fue bonito mientras duró. Son historias intensas, pequeños principios de película que en la vida real se quedan en meras escenas, que después recuerdas con una sonrisa y te suben la autoestima, e incluso si el chico es suficientemente guapo lo recuerdas más tarde en la ducha mientras te masturbas. Pero no pasa de ahí. O eso pensaba yo.

Ha tenido valor, el chaval. Primero ha ladeado su cabeza, con gracia, como un pájaro feliz y curioso. Me ha visto, y me ha clavado los ojos. No lo ha dudado y se ha sentado delante de mí para luego dedicarme la sonrisa más cautivadora de la historia del transporte metropolitano catalán. El resto, lo de siempre. Cómo te llamas, a qué te dedicas, hacia dónde vas, tienes correo electrónico, me das tu número, nos vemos esta noche. Claro que sí. No tengo motivos para no tener citas, y eso de que follar con alguien que no conoces de nada es de putas que se lo digan a otra. Me da mucha rabia, tengo derecho a hacer lo que quiero con mi cuerpo. Pero ahora viene lo peor, el momento abismo. Ese vacío, ese remolino de mierda en el estómago cuando las risas han pasado, la noche ha muerto, y el sexo ya no es un misterio. El momento en el que sabes que no volverás a quedar con esa persona, que la historia terminó, que borrarás su número, que ya no te importa cómo se llama, ni a qué se dedica. La noche fue bonita, gracias y adiós. Pocas veces no me pasa esto, y no son pocos los chicos con los que me he acostado. De hecho, no sé con cuántos he follado. Ni me importa, qué más da. Lo que sí se es que cuando vuelvo a casa después de acostarme con alguien siempre pienso en la misma historia.

Yo era pequeña, muy pequeña aún. Por aquel entonces tenía la manía de meterme en la boca los juguetes para chuparlos e incluso morderlos. Debido a esto, mi madre decidió que estaría un tiempo sin comprarme juguetes nuevos, de modo que en algún punto mis muñecos quedarían hechos polvo y yo no tendría nada decente con lo que jugar. Así me daría cuenta de que no podía pasear por mi infancia masticando su amado dinero. Pero ya se sabe, las personas somos caprichosas, siempre queremos lo que nos niegan, y si somos niños lo queremos todo, sobre todo aquello que nos impiden tener, por redundante que parezca. Pocos días más tarde de saber que durante un tiempo mi habitación no tendría nuevas incorporaciones, pasamos por delante de una inmensa juguetería, muy famosa en el barrio. Me volví loca. Vi tanta belleza en aquel escaparate que no pude contenerme y le prometí a mi madre entre gritos que no mordería nada si me compraba un par de muñecos. Ella accedió a entrar en la tienda, probablemente por hacerme callar.

La entrada a la juguetería era asombrosa, inmensa, forrada de terciopelo granate y con forma de arco, casi árabe. Un gran letrero luminoso rezaba "Aquí mandan los niños", y justo al entrar, a mano derecha, encontrabas una enorme réplica del personaje de "El soldadito de plomo". Recuerdo enormes pasillos, con estanterías que se antojaban rascacielos, y que te impedían saber qué había arriba del todo. Siempre era un misterio.

Recordé que los niños de mi escuela contaban que el propietario de esa tienda estaba algo tarado. Por lo visto, decían haber oído de boca de sus padres que antes, el señor Rocafort, había sido un hombre alegre, de aspecto duro y firme, pero jovial y atento, en especial con su esposa, la señora Bellaterra. Tenían un hijo, de nombre Plutón, un niño extraño que un buen día desapareció. La última vez que se le vio fue dentro de la tienda correteando entre los interminables pasillos, hablando en una jerga extraña y golpeándose a sí mismo la mejilla derecha con la mano izquierda, soltando de vez en cuando un gruñido y a veces una carcajada. Nadie le vio salir.

Algunos vecinos se mostraron reservados con el vendedor de juguetes, puesto que no era un secreto que el hombre, como no era posible de otra manera, se sentía un poco avergonzado por haber engendrado a un bicho raro, y acaso no era una casualidad que finalmente el niño hubiera desaparecido. Su mujer, además, falleció al poco tiempo cuando uno de esos muros de estanterías, llenas de cacharros infantiles, se le vino encima, abriéndole una brecha en la cabeza por la que su alma escapó. Así pues, el señor de los juguetes se quedó solo, atrapado en una tienda que había sido durante media vida su máxima ilusión pero que ahora representaba la pérdida de aquellos a quienes más quería. A menudo amamos tanto a algo o alguien de la misma manera que lo despreciamos.

Entre los niños caló la sombra de la duda, herencia de sus padres, de que creían culpable al juguetero por lo acontecido. Los críos se encargaron de multiplicarlo y crear a todo un monstruo. Decían, medio asustados, medio emocionados, que el señor Rocafort se había vuelto loco, que él había preparado la desaparición de su hijo y también el problema con el armario que cayó encima de su esposa. En esas macabras conversaciones se llegó a especular con la posibilidad de que, lleno de perversión, el señor Rocafort hubiera descuartizado a los suyos para incluir un pedacito de ellos en cada juguete.

Historias probablemente absurdas, pero ya se sabe, aquí mandan los niños.

El caso es que daba miedo pensar en llegar al final de uno de esos pasillos y que al girarte vieras que tu madre se había ido, y que tal vez no la volverías a ver jamás. La idea de quedarse entre esos estantes enormes, tan altos que a la vista no parecían rectos sino cóncavos, inclinándose hacia ti, como a punto de caerte encima dispuestos a abrirte una brecha en la sesera, la idea de quedarse a solas con el señor Rocafort... Ese día crei que mis temores se verían realizados, ya que en cierto momento recuerdo encontrarme sola, y así quedé largo rato, callada, pálida, gélida, vagando por la tienda, asumiendo que nunca más volvería a mi casa y que de tanto desear juguetes ahora pasaría a formar parte de cada uno de ellos. Rememoro temblar sin control, imaginando el dolor por el que estaba a punto de pasar. Me acuerdo sobretodo la sensación de abandono. Creo que fue uno de los momentos más largos de mi vida. Por suerte, volví a reencontrarme con mi madre, la cual apareció algo despeinada de detrás del último pasillo, sonriendo sin parar -y juraría que detrás de ella salió un chico que me sonaba mucho, un vecino del barrio, tal vez-. No sabría decir si ese día nació mi terrible miedo al abandono, pues creo que ese miedo nos acompaña a todos desde que nacemos, pero desde luego cogí consciencia de él. Es un miedo que aún me acompaña. No tengo recuerdos de caricias maternales, de buenas palabras, de dulzura, pero sí de incertidumbre, de inseguridad. De hacer un ranking de momentos chungos, éste se llevaría un buen premio. Pero no sería el único recuerdo que me dejaría ese día porque, al llegar al final de uno de esos mágicos pasillos, vi el muñeco perfecto. Joder si lo vi.

Allí estaba, un *Action Man,* moreno, de ojos azules, con

una pequeña y sexy cicatriz en un pómulo, sin camiseta, fornido, fibrado, protector, cálido, todo un ejemplo. Vestía unos pantalones militares y la expresión de su cara era de salvador total, el último guerrero que me protegería, alguien que moriría por mí. Mi deseo era máximo pero mi madre, encantadora, me preguntó que por qué ese muñeco y no otro, a lo que yo respondí que me parecía muy guapo.

Fin de la historia. Se agachó y me dijo, literalmente, que no siempre una puede tener al hombre que desea. Que me acostumbrara a ese hecho, que probablemente muchos me rechazarían en el futuro. Un futuro que me quedaba aún muy lejos porque, repito, yo era todavía muy pequeña. Por supuesto, no hubo muñeco. Llorando me fui de esa tienda y, después de morder todo lo que estuvo a mi alcance en mi habitación, me prometí que nunca ningún chico me diría que no.

5. El hombre de vapor

Lo cierto es que comparar nunca ha sido bueno, pero estoy llegando a un punto en el que me resulta inevitable entrar en el juego. Ya no solamente me comparo a mí con todos aquellos pretendientes que tiene Lorena, sino que empiezo a compararla yo a ella con las chicas que alguna vez amé. El motivo es simple pero no quiero reconocerlo. No estoy bien con ella, y por mi mente no para de escenificarse el momento en que la dejaré. Me veo a mi mismo delante suyo, diciéndole lo mucho que la quiero pero que ya no aguanto más, que no soy su ONG, que no soporto que me siga responsabilizando de sus problemas, que no puedo ofrecerle un servicio de veinticinco horas al día, ocho días a la semana, que la amo y estoy roto, pero que sus gritos y desprecios me desintegran, que no soy feliz, que sé que no soy perfecto y a veces la cago, pero que no soy tan malo, que no soy su enemigo, que me culpa de cosas absurdas, que no puede ser que me trate de esta manera y luego sea ella la que se queje, que no veo la forma de criar un hijo con alguien así en el futuro. Pero no puedo.

Quiero decirle que sé que está enferma. Pero no puedo. ¿Cómo voy a decirle eso?

Y siendo sincero tampoco soy capaz de dejarla. No quiero, pese a planteármelo innumerables veces al día.

Y hay otro motivo. Una sombra con colmillos cosida a mis talones, y que me susurra bajo mis pies que quizás ella no es tan mala, que quizás ella tiene razón, que quizás yo…

La gente te suele mirar mal si les dices que estás licenciado en psicología, y aún te miran peor si lo que les dices es que eres psicólogo. La diferencia entre una y otra acepción no es pequeña ni subliminal, puesto que en la primera se asume que tienes los estudios, un diploma, has aprobado, felicidades chaval; en la segunda se entiende que ejerces de ello y por lo tanto tienes experiencia real. El contraste se me antoja abismal. De hecho, sinceramente, no tengo la sensación de haber aprendido demasiado.

Cuando puse el primer pie en el campus Mundet yo tenía solo 18 años, llevaba aparatos en los dientes, un peinado inverosímil, y conjuntaba la ropa peor que un superhéroe de la DC cómics. Era un crío, como ahora supongo, solamente que un poco más de muchas cosas y un poco menos de algunas otras. Un poco más feo, un poco más ingenuo, un poco más soñador, un poco más entusiasmado, un poco más confiado, un poco más tímido, un poco más niño; un poco menos realista, un poco menos maduro, un poco menos culto, un poco menos político, un poco menos podrido. La universidad es una trampa, como todo lo demás, por supuesto. No es cara si piensas en lo que haces, pero no es barata. Es lo máximo a lo que aspiras a nivel académico, pero no es suficiente para formarte. Obtienes un diploma válido que te capacita para acceder supuestamente a buenos puestos de trabajo, que luego no existen, o han cambiado, o están acaparados, sobreexplotados, o lo que sea. Eres universitario, la esperanza del país, te llenan de ilusión hasta que finalmente lo ves con tus propios ojos: el bonito tejado de la sociedad moderna, nido de revoluciones pensantes, de jóvenes emprendedores, hoy en día no es más que una burla en la que cuatro hippies fuman porros mientras pintan carteles de una revolución que jamás se producirá, tres pijos estudian algo de lo que jamás ejercerán, y en la que dos pobres que se piensan que han encontrado la razón de su existencia se darán cuenta de que estaban equivocados. Yo soy uno de esos dos.

No sufrí ninguna novatada el primer año, clásica tradición universitaria. Sin embargo, conocí a un gran amigo. Me lo crucé por vez primera en el patio que queda entre la facultad de psicología y el teatro. Iba descalzo, chasqueando los dedos, feliz pero serio, decidido, con sus múltiples rastas al viento. Este tipo parece interesante, me dije, pero nunca hablaré con él. Pocos días más tarde, casualidades, nos sentamos uno al lado del otro. Teníamos clase de estadística y nuestro profesor era realmente peculiar, su voz era idéntica a un personaje de Futurama, por lo que fue inevitable hacer algún comentario jocoso al respecto. A partir de ahí, dio comienzo una amistad de la que estoy orgulloso. Es quizás de lo poco salvable de los cuatro o cinco años que me pasé estudiando esa carrera. Eso, y la anécdota de la mariposa, claro.

Me contaron una vez que la vida te ofrece señales. Siempre están ahí, solo tienes que verlas. Un cartel, una canción que suena al pasar por algún lugar, un número, una mariposa. La persona que me compartió esta particular teoría era realmente especial, una de esas con pose de bohemio, se diría que uno de esos tres pijos de la uni que nunca ejercerán, un genio en potencia destrozado por un interior perverso. Nuestra amistad fue corta pero intensa, forjada y derrumbada en un semestre de la facultad, tan intensa como la luz de sus palabras, pero tan corta como su conexión con la realidad. Su teoría se vio reforzada el día en que, según él, perdió al gran amor de su vida. No la perdió por desidia, no la perdió por otro, por una discusión o por pérdida de pasión. La perdió por la distancia. Cuando ella volvió a su país, él se sentó en una acera de la pequeña urbanización donde había pasado su mejor verano, se encendió uno de maría, y esperó. No la esperaba a ella, sino a la vida, a una señal que proyectase su camino. Fue en ese y no en otro momento cuando una mariposa se posó en su regazo con las alas rotas. Parecía sufrir, debatirse por volver a volar. Él tuvo claro que si la pequeña simétrica conseguía levantar el vuelo era signo de vencer a la adversidad. Largo rato estuvo su amiga intentándolo hasta que el dolor le hizo decir basta. Paró de mover sus alas, se rindió, y le dijo a mi amigo, en voz muy baja, que no se puede luchar contra lo inevitable. Él captó el mensaje, le dio las gracias, y la dejó ahí, a su suerte. Son la señal definitiva sobre toda historia de amor, me decía.

Y así fue, efectivamente, estando yo tirado en el césped de la universidad con mi amigo el *Rastas*, hablándole de la chica de la que yo estaba prendado en aquel entonces, una compañera de clase, que por cierto que apareció en ese momento para tumbarse con nosotros. Esa chica vivía en un lugar al que yo no podía llegar, en una atalaya impenetrable y, sabiendo ella perfectamente lo que yo sentía, siempre me dio muestras de no corresponderme. Aún así, yo seguía esperando mi señal. Y llegó al abrir ella su bolso. Del interior salió graciosa una viva mariposa, volando, perdiéndose para siempre. Ella se quedó inmóvil, recordando la mágica teoría que yo le había comentado alguna vez. Me miró, buscando mi reacción, pero en ese momento lo entendí. Las señales no son más que auto-engaños disfrazados de esperanza. Giré la cara para el otro lado, y nunca más volví a buscar mariposas fuera de mi estómago.

No fue la primera chica que me importó, ni fue la

última. Son varias las personas que se me han cruzado ya, con distinta suerte. De las importantes me acuerdo de todas, de las demás, algún rasgo, una imagen, un gemido. Se diría sin conocerme que soy un mujeriego, pero lo cierto es que el amor se me ha escapado ya un par de veces, dejándome tocado, sin rumbo, y casi hundido.

El primero de estos torpedos era morena de piel, de pelo vivo y ondulado, castaña oscura, de sonrisa perfecta y los ojos inyectados en miel. Me resultaba perfecta, y la historia merecería ser contada al detalle, cosa que no sucederá. Pero sí vale la pena recordar los atardeceres de acuarela que se derretían en besos y acordes, y de la pintura musical que de toda esa conjunción nacía. Hasta que, cómo no, voló en busca de alguien más fuerte, huyendo de quien había dicho querer, y al que ahora confesaba no haber querido tanto. Aún la veo salir por la ventana, alzando las alas, y yo cogiéndola de los pies, no te vayas, no, quédate a mi lado que nadie te querrá como yo. Y ella entonces aletear más fuerte, que me dejes ir, que nunca te quise tanto y ya me cansé de ti.

La segunda que dejó huella, pese a que no tanta como la miel alada, fue también dueña de piel tostada, de piernas largas y prietas, de boca de pez y mirada salada. La chica recordaba al mar, y como tal, era contradicción pura. Quiero salir contigo pero dar pasos hacia atrás, quiero besarte sin que me beses más, te quiero y pongo la foto de otro en mi pared. Con tanta contradicción al final ya no sabía dónde meterme, pero me lo puso fácil porque en última instancia fue ella quien emigró. Se despertó un día y me dijo que quería ser delfín, nadar alegre chapoteando y salpicando a los marineros. No hubo nada que decir, porque fue decirlo e introducirse en el mar y verla alejarse saltando sobre un mundo espumoso y azul.

La última no es mejor, ni menos -ni más- importante. Pero si en algo hay que destacarla es que ella lo hizo al revés. Nació en la selva, trepando árboles y comiendo plátanos, se crió bajo el sol amazónico, que le doró los cabellos y le puso verdes los ojos para adornar así sus muchas pecas. Siempre me contaba cómo de pequeña su familia de monos tenía que disputarse el territorio con la familia de los jabalíes, y cómo el hombre moderno destruía la vida de todos. Así que decidió convertirse en lo único que podía vencer a ese hombre moderno: se convirtió en mujer. Y qué mujer. Pocas veces se verá en la capa terrestre alguien con tanto atractivo. Pero la naturaleza se abre camino y los instintos siguen ahí, y ser el compañero de alguien que no para de saltar, trepar árboles y recordar el Amazonas, es muy difícil. Así que pareció vengarse en mí de aquel hombre moderno que presuntamente destruyó su infancia, su selva, su naturaleza.

Toda herida deja cicatriz, pero en el proceso, corre el riesgo de pudrirse. Hay guerreros con el valor y medios necesarios para combatir estocadas mortales, para sobrevivir. Otros, en cambio, escuderos de poca monta, nos encomendamos al sacerdote de la aldea para que alguien se apiade de nuestra patética alma y expíe nuestros seguros pecados. Yo soy el pecado. Soy la herida. Soy el devenir que nunca ocurre. El duelo estancado. El culpable. Hasta que es tanta la distancia recorrida que la propia vida parece felicitarte y darte un escudo y espada nuevos. Vuelvo a primera línea de batalla, vuelvo a recibir la estocada. Y así siempre. No son pocas las veces que me he preguntado si es más culpable el que mata o el que se deja matar, el que blande la espada o el que no se aparta de su trayectoria, el que dispara o el que provoca a quien porta el fusil, el verdugo o el pobre idiota que hizo méritos para ser decapitado. Un dilema que en mi cabeza existe desde que tengo ojos, nariz y oídos, suficientes sentidos para darme cuenta, desde niño, de que todo lo perfecto contiene en sí mismo luz y oscuridad, blanco y negro, y que lo imperfecto se tiñe de rojo.

Érase una vez -me relató mi madre en una ocasión- una pequeña aldea, pobre, dejada, en un tiempo incierto. Hombres y mujeres tenían roles diferentes y diferenciados. Ellos se preparaban única y exclusivamente para la guerra, que siempre estaba en marcha contra el poblado que existía al otro lado de la colina. Aquellos que sobrevivían diez años en la batalla se ganaban el derecho de volver a casa y trabajar enseñando el arte de matar a los nuevos jóvenes, y también a trabajar restaurando las infraestructuras de la villa. Las mujeres, sin embargo, se dedicaban a la agricultura, a la caza, a la limpieza, y a la crianza de vástagos. La mujer era sometida al poder del hombre, que era el que dictaba las órdenes en cada casa, pero no estaba permitido el maltrato físico. La mujer, aunque inferior, era totalmente necesaria, y el hombre lo sabía. Lo más importante, por mandato divino, era alimentar y ganar la guerra eterna que mantenían con sus vecinos. Para ello, era imprescindible concebir hijos, y que éstos fueran criados lo mejor y más fuertes posible. Si no fuera por esta razón, el poblado se habría extinguido siglos atrás con mucha probabilidad, puesto que la brutalidad en el hombre era casi innata, y las mujeres no habrían sobrevivido a tal carácter. Pero el poder de la espada y el honor pesaban más que los genes, y el respeto a la mujer, por imprescindible, se impuso en la conciencia colectiva hasta el punto que, pese a que no estuviera estipulado en las leyes, un hombre podía ser condenado por atentar contra la vida de una sirvienta, como ellos las llamaban.

Pero toda guerra tiene su fin, y ésta no fue excepción. Éste llegó gracias a los nutridores, aquellos foráneos que, perdidos en camino y vida, llegaban a la aldea y eran absorbidos por la inercia de ésta. La aldea, pues, no solo pasaba de padres a hijos sino que se alimentaba de nuevas y lamentables incorporaciones, con el riesgo que esto suponía. De hecho, si alguna condena se producía, solía ser siempre hacia un nutridor, puesto que eran los únicos que violaban la moral del pueblo, intentando escapar de éste, robar comida a otros habitantes, evitarse la guerra, o tocar a la sirvienta de otro.

Pero nunca se vio un caso como el del hombre de vapor.

Un día de primavera, llegó a la aldea un hombre de estatura media-alta, muy moreno de piel, fuerte pero entrado en carnes, de unos veinte años, con el cuerpo cubierto de pelo negro oscuro como sus ojos. El hombre llegó sacando vapor por su boca a través de un palo mágico que parecía chupar, práctica que no se conocía en aquellos lugares, y de ahí el apodo. El hombre pronto se vio rodeado de una multitud curiosa de mujeres, entre ellas una en la que se fijó y por la cual ya no quiso fijarse en ninguna otra. Por ella se quedó, y por ella tuvo que marcharse a la guerra por diez años. Volveré, le prometió, tú no te cases que yo mataré y mataré y luego viviremos juntos para siempre en este lugar o donde quieras. Y diez años fueron, ni uno más, ni uno menos, los que el hombre de pelo negro estuvo luchando e intimidando al poblado vecino con su arte de sacar vapor por su boca y nariz. Se convirtió en toda una leyenda, hacía rodar cabezas con la misma facilidad con la que el tomate se convierte en gazpacho en los días de verano. Impregnaba el campo de batalla con un intenso olor, producto de ese extraño vapor que parecía mantenerle vivo. Incluso llegó a surgir el mito de que la única manera de matarle era arrebatarle ese instrumento en forma de embudo por el cual introducía las hierbas que después parecía transformar en humo. Pero nadie lo consiguió y, diez años más tarde de partir, regresó junto a la mujer que no se casó con nadie por esperarle a él.

La vida les sonreía, pese a que él era un nutridor y por tanto nunca gozaría exactamente de los mismos derechos que un nativo verdadero, aunque se le trataba aparentemente como tal y se había ganado mucho respeto por haber hecho pedazos la defensa rival durante su década en el obligado y honorable exilio. Sin embargo, la gente, más que respetarle, le temía. Sabían de sus proezas bélicas, pero, ¿y si un día se pasaba al bando rival? Pero lo más inquietante era esa misteriosa herramienta que le proporcionaba ese extraño vapor, fuente de toda su fuerza, pensaban. El hombre, reservado y listo, nunca quiso dar excesivas explicaciones, manteniendo así el misterio en torno a sí.

Pero llegó el día en que los hombres del pueblo, no queriendo ver más el miedo en el rostro de sus sirvientas-y atemorizados en el fondo todos ellos- quisieron pedir explicaciones al hombre de vapor y, al negarse éste, le dieron un ultimátum: o nos dices qué es todo este humo que sale de ti y cómo funciona tu artefacto, o te vas de la aldea; Y si quieres quedarte sin revelarnos nada, destruye este invento tuyo y que así no haya ya más secretos que guardar, debieron decirle. El hombre de pelo negro como la noche, moreno de piel y también de corazón, decidió hacer caso a su orgullo y mantener el secreto, pero al no poder su amada abandonar el poblado y ser grande su amor por ella, decidió romper su instrumento y quedarse. Nunca más volvió a ser el hombre de vapor, nunca más se le vio practicar la brujería, pero había conservado el misterio en torno a él y se mantuvo junto a su mujer.

Todo cambió a partir de entonces. A los pocos días, el hombre de pelo negro y piel morena, comenzó a sentirse incómodo, a enfadarse más que de costumbre, a ser incoherente en sus acciones, a comer y engordarse más de lo debido, a ser inapropiado en sus comentarios, déspota con su mujer, a encerrarse en sí mismo y a dejar de lado a sus amigos, y en especial a su hijo, que ya cumplía dos años.

Una noche, los cabecillas del poblado se reunieron para departir sobre algunas cuestiones, como el estado de la guerra, el estado de las estructuras del poblado, el recuento de la población, y también sobre el hombre que fue de vapor. Su comportamiento empezaba a preocupar, su sirvienta lo estaba pasando mal y eso era dañar la imagen moral del pueblo. Un hombre mandaba en su casa, podía gritar y ordenar faenas tristes a su sirvienta, pero jamás preocuparla tanto que se le notara en la expresión de la cara una vez saliera por su puerta, eso jamás. Era el primer síntoma de que algo malo podía estar ocurriendo y, aún peor, por lo visto el hombre que fue de vapor no había empezado la instrucción de su hijo, no parecía preocuparse del estado de la guerra pese a haber sido todo un héroe. Decidieron observarle durante un período de dos semanas y volver a reunirse. El hombre moreno, cuyo cuerpo estaba repleto de pelo negro, espió la situación y, para prevenirse, decidió invertir en unas escapadas al monte a recoger ciertas hierbas medicinales, según le dijo a su esposa. También se pasó todas las noches durante esas dos semanas sin dormir, tallando madera para un propósito incierto a ojos de su amada. Al cabo de las dos semanas, el grupo de cabecillas se reunió, y tras haber discutido los diferentes puntos del orden del día, acometieron el asunto que más les preocupaba en verdad. Su sirvienta cada vez está peor, rezaban unos, abandona a su hijo hasta puntos inadmisibles, decían otros, y ahora se dedica a recoger hojas lilas y granates del bosque, sentenció el resto. Su comportamiento es cada vez más extraño y menos propio de nuestra noble raza de guerreros. No hizo falta decir más, puesto que el hombre, de piel morena y pelo negro como sus ojos, sacó a su mujer de casa cogida por la rubia cabellera, arrastrándola por el suelo. Le dio un puñetazo en la cara, la levantó de un tirón y poniéndole un cuchillo en el cuello le profirió que si volvía a comportarse así la mataría delante de todos.

Los cabecillas, que estaban reunidos en la pequeña plaza central del pueblo en torno a un diminuto fuego, atónitos ante el valor del hombre que fue de vapor por tratar así a su sirvienta delante de ellos, dando por supuesto que debía ser conocedor de las costumbres y de las moralidades imperantes que prohibían tales actos y los condenaban con funestas consecuencias. Después de mirarse entre ellos, se dirigieron mudos hacia tan triste escena para apresar al hombre moreno de pelo negro y también a su sirvienta, a la cual habría que investigar. Sucedieron días de interrogatorio, y lo único que se pudo saber es que el desacato de la mujer consistió en no traer un vaso de agua a su hombre. Los cabecillas estuvieron de acuerdo en que tal acto de desprecio y dejadez por parte de la mujer merecía un castigo, pero que en ningún caso el hombre moreno había de poner su honor personal por encima de la moral de la aldea, la cual impedía atentar contra la vida de una sirvienta que, aunque inferior, era imprescindible para la vida y supervivencia de los suyos.

Así pues, siendo el hombre que fue de vapor un nutridor y no un nativo de origen verdadero, se le dio la máxima pena sin contemplación, la muerte por atentar contra la moral del pueblo, por atentar contra la vida de una sirvienta y por un comportamiento extraño y misterioso que hacía presagiar un mal mayor. A ella la condenaron a dos lunas llenas de prisión, y a un año de trabajos forzados al servicio de los jóvenes que permaneciesen solteros, disponiendo éstos de cualquier servicio de la mujer. Entendían que sería un justo castigo para ella, que no le costaría su vida, y que devolvería con creces a la raza el trabajo que se había negado a hacer, sirviendo de corrección y ejemplo.

Como era costumbre en la aldea, al hombre le concedieron dos deseos antes de morir. Para el primero de ellos, el hombre pidió que alguien de confianza trajera de su casa una bolsa verde que él había guardado en el armario del pequeño taller que tenía al lado de su habitación. Una vez la bolsa estuvo ahí presente, formuló el segundo deseo. Pidió explicar a todo hombre, niño, y mujer del pueblo, en asamblea pública, el misterio de su apodo. Estupefactos, los cabecillas se reunieron para debatir este problema. Yo no me fío, si es un brujo podría juntarnos a todos y echarnos un maleficio, pensaba la mayoría.

Pero la curiosidad mató al gato y también a la pequeña y dejada aldea de nobles guerreros. Todos se dispusieron en la pequeña plaza, los no demasiados habitantes, ya fueran niños, hombres o mujeres. El hombre que fue de vapor abrió su bolsa verde bajo la atenta mirada de dos guerreros armados y preparados, y sacó de ella tantos artefactos como habitantes, diminutas réplicas de madera tallada de aquel extraño instrumento que él solía usar para transformar la vegetación en vapor mágico, y que repartió debidamente. Todos ellos cogieron sus pequeños embudos mágicos, repletos de hojas granates y lilas machacadas, y escucharon atentamente las explicaciones del nutridor condenado. Así que ya sabéis, si queréis experimentar la fuerza que a mí me invadió para convertirme en una leyenda de la guerra, vuestra guerra, haced lo propio; incendiad las hojas, y aspirad; al principio no sabrá bien, pero a los pocos minutos os prometo que seréis invencibles.

Así lo hicieron, siguiendo cautelosamente las instrucciones de su a la vez admirado y temido nutridor, mirándose de soslayo unos a otros, no queriendo ser menos que el vecino, pretendiendo adquirir un poder que les convirtiera en la persona más importante del poblado. Y así, bajo la sombra de su propia codicia, fueron desmayándose uno a uno, todo niño, hombre y mujer de la pequeña y no muy habitada aldea. El veneno hizo su trabajo y el poblado se convirtió en historia. El hombre de vapor se dirigió al calabozo sorteando los cuerpos inertes y sacó a su mujer de su prisión. Todos han muerto, ahora tienes que decidir si venir conmigo o unirte a ellos, le dijo con voz impasible. Ella paseó por la pequeña plaza, viendo los cadáveres sin vida de todas las personas que había conocido en sus veintitantos. No quedaba nadie a salvo. Pero qué has hecho, preguntaba ella sollozando, se lo han hecho ellos solos, contestaba él. Pese a la tristeza y al profundo miedo que sin duda existían en el corazón de la muchacha, una extraña admiración nacía en ella; aquel pueblo estaba maldito y, aun con lo terrible del acto, la habían liberado. Lo siento, si vienes conmigo nunca volveré a tratarte mal, mintió, y te protegeré de aquellos que pretendan siquiera mirarte de frente. Ella, llena de un renovado amor, olvidó los desprecios sufridos en las últimas semanas de su encerrada existencia, olvidó la brutal amenaza de muerte a la que se vio sometida, a su ojo morado, y decidió partir con la única persona que le quedaba en el mundo. El destino de aquellos que pertenecían al entonces pueblo fantasma y que seguían en la guerra fue morir en la misma, o morir al volver y ver que ya nada había para ellos allí. Al acabar pues, la guerra, murió también el pueblo vecino, puesto que sus leyes y costumbres eran parejas a la de sus rivales, y al no tener motivos para sobrevivir y tratar bien a sus mujeres, hicieron lo que el instinto les pidió y se extinguieron sin dejar apenas rastro. Pero la historia no acaba aquí, no, recuerdo que mi madre remarcó mucho esto con una amarga sonrisa.

El hombre de vapor y su mujer fueron a vivir a la ciudad de la que él había salido, y fue ahí donde la pobre muchacha entendió que su gran amor le había mentido. Volvió a su hábito de inhalar humo, pero su carácter jamás volvió a ser apacible. No fueron pocas las veces que él le gritó, ni pocos los puñetazos que le propinó, o que amenazó con segar su vida de un rebanado en el cuello, o que la tiró de la cama a patadas, como tampoco fueron pocas las veces que ella le perdonó. Tampoco fueron pocas las migas de pan que él dejaba encima de los armarios para comprobar al volver del trabajo si ella limpiaba la casa durante el día o se dedicaba a holgazanear. Incluso la mantenía cerrada con llave cuando él pasaba tiempo fuera de casa. La convirtió en su esclava, su prisionera. El tiempo pasaba, siendo él cada vez más traidor con ella, y ella más condescendiente con él. Hasta que un día de primavera, un día igual de soleado que el día en que se conocieron, ella gritó basta. No supo nunca explicar de dónde vino su voz, su alarido, su protesta, pero el grito fue tan fuerte y las palabras tan severas que el hombre de vapor se calló y, sin decir nada, se fue a dormir.

A partir de aquí, la mujer comprendió que tenía cierto poder y debía aprovecharlo, poder que seguramente se le impregnó de los propios golpes e insultos recibidos, o del humo inhalado sin pretenderlo. Ahora ella era la que gritaba, ahora ella era quien mandaría. Y era tanto el poder acumulado en su voz y sus manos que incluso debía sacarlo cuando su marido no estuviera en casa, así que decidió ensañarse con su hijo, que ya contaba con casi cuatro años. Ahora los insultos y golpes se los llevaba el pequeño, que parecía no entender nada. Y cuando el hombre de vapor volvía a casa ella lo convertía en el hombre sin valor, hasta el punto que le obligó a abandonar su práctica de expulsar humo para apropiársela ella. Le robó su fuente de poder. Hizo también de su casa un lugar más sombrío: ya casi nunca alzaba las persianas, limpiaba poco, y cargaba el ambiente de humo y tensión palpable. Cuando el hombre sin valor entraba por la puerta no hacían falta ya los gritos, solo la pesadez del aire, la poca luz, la tensión palpable, eran ya elementos para rendirse, apenas cenar e irse a dormir y rezar para que los gritos e insultos de la mujer fueran pocos. Pero no lo eran.

Lo que yo ahora me pregunto, al cabo de los años al rememorar esta historia, es si la culpa la tiene el hombre de vapor por asesino, por traidor, por mentir, por maltratar a su esposa a la que había jurado lealtad, o quizás no, acaso la culpa sea de la mujer, por perdonar lo imperdonable, por conceder oportunidades, por convertirse finalmente en el reflejo de él. O puede que no sea tan fácil y la culpa la tenga la guerra interminable, que inyecta violencia en el ambiente, siendo un terrible telón de fondo para una vida en realidad sin sentido. Pero no, la culpa no es de la guerra. Quizás tampoco del hombre de vapor, ni de la mujer que lo transformó en el hombre sin valor. Quizá la culpa sea del poblado, podrido en sus raíces, de moral absurda, por consentir una guerra estúpida como forma de vida, por convertir a foráneos en asesinos, por convertir a las mujeres en esclavas, por creerse sus propias mentiras para no poner en riesgo un orden que al final se extinguió en lo que se tarda en dar unas caladas.

Lo que está claro es que cuando algo, lo que sea, se rompe, todos debemos aceptar nuestra responsabilidad. Pero yo suelo cargar con exceso de equipaje, y pese a que desde fuera parezca que lo hago por ser buena persona, o porque ellas me han absorbido el alma, lo cierto es que soy un egoísta, me doy tanta importancia que creo que todo es culpa mía. Y no lo es. Aún veo a ese niño de casi cuatro años en el espejo. Lorena no está rota por dentro por mi culpa, aunque ella me diga que sí, y yo me lo quiera creer. Tiene un problema si no se da cuenta de todas las veces que le he perdonado algo, de todas las veces que me he tragado mi orgullo e incluso mi felicidad sabiendo que si protestaba saldría perdiendo, que ella me gritaría y me dejaría tirado y que yo, hombre sin valor para perderla, me callaría una vez más, otorgándole así el poder del humo. Quizás en mi guerra particular, la que me agota como si ya hubiera durado diez años, la raíz podrida sea ella, pero yo soy el que deja que se expanda por mi aldea pudriendo todo lo demás. Dejo que arrase con todo lo que tengo porque yo la quiero de verdad, y sé que cuando todo esto acabe seré yo quien la llore y quien quiera fumarse un último cigarro.

6. Ángel de la guarda

Intento no preocuparme mucho por las quemaduras de mis piernas. Me las cuido, eso sí. Aloe vera cada mañana y cada noche, y a esperar que el tiempo obre su efecto. Espero que no dejen excesiva huella, pero poco más puedo hacer. La verdad es que debería dar gracias por estar viva. Pero cada vez que las miro recuerdo uno de los episodios más desagradables de mi vida, y eso sí que no sé cómo curarlo. Cómo cambia la gente...

Una vez tuve una amiga de esas por las que habrías puesto la mano en el fuego. Ese tipo de amiga que crece junto a ti desde que eres una enana, comparte contigo la infancia, los juguetes, las fiestas de cumpleaños, las buenas notas en el cole, las riñas de los profes, las postales durante las vacaciones de verano, los primeros chicos, el primer cigarro. Ella no ha tenido una vida fácil, eso lo sé de buena tinta. Sus padres se divorciaron cuando era ella muy, muy pequeña. Siempre ha vivido con su madre, y a su padre lo ha visto en cuatro ocasiones, creo. Las pocas que ha tenido el valor de ir a verle a la cárcel. La madre de Mónica, mi amiga, ha tenido que trabajar en los encargos más indeseables e incluso difíciles de creer: repartidora de tickets regalo en la calle de algunas tiendas, limpiadora de lavabos de tren, probadora de medicamentos, donadora de óvulos, domadora de pájaros carpintero en un circo australiano, e incluso una vez curró de maniquí. Con trabajos de esta guisa no es de extrañar que fuera una infeliz y que esa infelicidad se transmitiera a su hija de forma paulatina, sin prisa pero jamás sin pausa. Eso sí, hay que darle mérito a la mujer porque, durante mucho tiempo, la engañó diciéndole que trabajaba amasando pan de jengibre para Santa Claus en el Polo Norte, y que por eso siempre venía tan cansada y se encontraba tan mal, porque tenía que hacer muchos quilómetros cada día y sufrir grandes variaciones de temperatura. Para calmar a su pequeña y hacer más verídica su historia, a veces le traía un par de caramelos, te los han hecho los duendes de Santa, le decía. Mónica fue diagnosticada de depresión clínica poco antes de cumplir la mayoría de edad. No hubo caramelo que la salvara de tan amargo destino, ni Santa Claus que le regalase una solución por Navidad.

Yo ya hacía tiempo que la veía mal, decaída, como si la vida no tuviera mucho sentido para ella. Pero sobre todo la veía sin fuerzas, cómo si cada día un ente etéreo le propinase una brutal paliza al despertar. No puedo decir que hubieran grandes factores externos en su adolescencia que la marcasen, no hubo ningún chico especialmente importante que la tratase mal, las notas le iban bien, y no era precisamente fea. Tenía aparentemente una vida normal, del montón, salvo por su casa, salvo por la tristeza que emanaba su madre y que a ella se le quedaba impregnada en el pelo, dejándolo cada vez más pálido, negro, pero pálido.

A veces creo que esa tristeza también me llegaba a mí, y que no era su cabello el que moría poco a poco, sino el mío. Que no eran sus lágrimas las que yo secaba, sino las que patinaban crueles por mis propias mejillas. Una noche, Mónica me llamó llorando a las tres de la mañana, que no sé qué me pasa, pero no estoy bien, nada tiene sentido, no consigo ser feliz, no puedo seguir así, no tengo fuerzas para seguir adelante Lorena, y mientras me decía esto yo me miraba en el espejo, y, poco a poco, la imagen se hacía más y más difusa. Colgué el teléfono sin decir nada, y me fui directa a la cocina, abrí la nevera y cogí todo lo que pude: chocolate, embutido, pan, refrescos de cola... Lo llevé todo a mi habitación y lo engullí en cuestión de media hora, mientras mi reflejo en el espejo me devolvía una ladeada sonrisa melancólica. Una vez hube saciado al demonio que había nacido en mí, me sentí fatal. Fue como caer en un abismo enorme, grandioso, sin fin. Una sensación de miedo y asco, indómita, voraz. Supe que había hecho mal en comer tanto, que me iba a engordar mucho y que mi padre, al día siguiente, si me pesaba -cosa que por aquel entonces ya no hacía tanto- se daría cuenta y yo no tendría escapatoria. Salí corriendo hacia el lavabo, descalza, dejándome la sombra en la habitación. Llegué sin aliento, mareada, no sé si por la carrera o por las emociones sufridas en aquellos últimos tres minutos; el próximo paso estaba claro: me metí los dedos y devolví lo que había ingerido. Recuerdo que casi me ahogo, y que mi cara se hinchó y se puso morada. No pude evitar el llanto, y así me quedé, llorando tirada en el suelo.

Nunca más haré algo así, *nunca más*, se repetía aquella Lorena de quince años.

Mónica y yo éramos inseparables, hasta que la *in* se separó de *separables* y todo se fue a la mierda. Me invitó a pasar unos días con ella al pequeño pueblo castellano en el que ella veraneaba -creo que sus abuelos son de allí-. Por supuesto, el verano pintaba perfecto, o todo lo perfecto que podía pintar tras lo que me había ocurrido en Zaragoza. Con la poca alegría que me quedaba llegué al pueblo de Mónica, un lugar pequeño, hogareño, más pijo de lo que creía, llano, antiguo y con olor a vino. Me presentó a su novio, y al amigo de éste. La compañía era grata, pero yo tenía ganas de estar a solas con Mónica y poder desahogarme un poco con ella, tenía ganas de llorar y contarle mejor lo que me había pasado con Dani. A veces intentaba transmitirle esta sensación, me alejaba del resto, ponía energías en disimular con mi cara mi descontento, pero nada. De lo que pasó después no puedo recordar mucho. Solo que íbamos en *quads*, Mónica con su chico y yo con el amigo. Lo siguiente fue despertar en la ambulancia, llena de sangre, desorientada, y mearme encima del pánico que tuve al ver cómo tenía las piernas. Pasé una semana entera en el hospital, con la compañía de mi amiga y los dos chicos. No quise decir nada a mis padres, preferí no joderles las vacaciones, callarme y salir adelante yo sola. El problema es que me vi *más* sola de lo que pensé.

Nunca entenderé qué fue lo que pasó, qué fue lo que provocó en ella ese odio, ese comportamiento. Yo llevaba ya un par de días en su casa, tras mi semana ingresada, tenía el cuerpo vendado y apenas podía moverme o articular palabra. Pero ella lo dijo todo por las dos. Vete a la mierda Lorena, no te aguanto más, me estás jodiendo el verano, vete de mi puta casa, largo, largo, largo...Sus gritos todavía duelen en mis oídos. Lo peor fue cuando escuché que me decía algo así como "yo no tengo la culpa de que te quieras *morir*". ¿Acaso me acusaba de haberme querido suicidar? ¿Acaso YO provoqué el accidente con los *quads*? Imposible, Moni no decía más que tonterías, tan solo quería herirme, pero, ¿por qué? Probablemente tuvo celos, su novio seguro que se había fijado en MÍ. Típico. Me tiró la ropa a la calle desde su balcón mientras profería gritos contra mi persona, increíble, mi mejor amiga. Estás loca, pensaba yo mientras la miraba aguantándome las lágrimas, estás loca, me decía ella mientras tiraba por su balcón mis zapatos y casi veinte años de amistad.

Volví sola a Barcelona en un bus, incómoda, con el cuerpo lleno de heridas, vendada hasta los dientes, con un dolor en mi corazón mucho mayor que el que tenía en los huesos. Qué había hecho yo tan mal, ¿qué? Nunca lo supe, no lo sé, nunca lo sabré, pero la herida perdurará dentro de mí dejándome el eco de lo ocurrido, recordándomelo. El resto de mi cuerpo, por suerte, se ha ido curando. Excepto mis piernas...aún me duelen. También tengo una pequeña marca en un moflete, pero esa está mejorando mucho últimamente y además la puedo disimular con maquillaje. Lo que no puedo disimular es el miedo que me invade al pensar que incluso mi mejor amiga me dio de lado. ¿Qué le pasa al mundo? *Nadie* me comprende, y lo que es peor, *nadie* puede hacerlo. Soy demasiado compleja, demasiado *turbulenta* para tan simples vidas. Jamás lo entenderán. No sabrán nunca lo que es crecer sin el amor de tus padres, sola, siendo el bicho raro de clase cuando eres pequeña. No entenderán lo que significa mirarte en el espejo y no reconocerte, lo que supone ver tu vida como si estuvieras fuera de ti misma, como si Polanski dirigiera tu día a día y tú pudieses disfrutar de tu propio dolor ajeno con cuatro palomitas calentadas en el microondas. Y que todos te traten como a un muñeco al que follarse, que todos te hablen para lo mismo. Sentirte vacía al despertar la mayoría de días, no correrte nunca. Saber que nadie te quiere de *verdad*. Que nadie te ha querido nunca de verdad. Tener tanto amor por dar y nadie que sepa corresponderlo. Y, claro, tropezar con la taza del váter una y otra vez, pese a que una y otra vez te prometas que no lo volverás a hacer. Imagino que su depresión tuvo algo que ver con lo ocurrido. Pero estamos a principios de Octubre, han pasado algunos meses y Mónica sigue sin haberme pedido perdón, así que esa hipótesis se desmorona.

Sucio río, cuesta abajo, torrente de partículas líquidas que cambian constantemente de humor; letras de espuma y olas hechas de rizos tenues. Ejércitos de pestañas que sonríen al unísono en adolescente efervescencia, hasta que la edad evidencia pétalos caídos en soledad. Eso es la amistad. Eso fuimos Mónica y yo.

Como amiga creo que debería haber entendido que mi estado no era el óptimo. Hacía poco que mis padres *me habían echado de casa*, y Zaragoza aún planeaba en mis sueños más recientes. *Zaragoza*. Esa ciudad hermosa que ahora me resulta destilada, esa ciudad que se me ancla en el estómago y me impide respirar. Esa ciudad a la que por su culpa odio...

Conocí a Dani una noche en el local donde yo trabajaba. Era promotora de una discoteca de lo más *chic*, y él combinaba sus estudios universitarios ejerciendo de portero de un local similar y que se encontraba muy cerca. Una noche que Dani libraba vino a *Le petit Pulp*, mi trabajo, a ver a una compañera mía con la que tenía un rollo. Lo supe en cuanto le vi. Era simplemente hermoso, tan alto, de pelo negro y absolutamente precioso, con una sonrisa que rompería todas las revistas de moda, con un gusto para la ropa excelente. Era perfecto. Y le quería, juro que le quise en cuanto le vi, y creo que a él le pasó igual. Tardamos en hablar, él se acostaba con mi compañera pero yo notaba que siempre que venía se acercaba más a mí, sin decir nada, como si la cosa no fuera con él. Se palpaba en el aire, ese que se me hacía irrespirable cada vez que le veía entrar por la puerta. Un día que yo estaba detrás de la barra me pidió una copa. Casi me meo encima de la emoción. Estuvimos toda la noche hablando y nos dimos el teléfono. Le volví a ver al cabo de dos días, en la noche de fin de año, y nos fuimos a la cama por primera vez. Le dije que le quería. No era pronto, ni era tarde. Era simplemente amor. Y lo fue durante los cuatro meses que duró la relación. Lo fue incluso entre todas las discusiones, gritos e insultos que nos proferimos durante aquel tiempo. Lo fue incluso aunque me amenazara con darme una hostia cada vez que se enfadaba conmigo, y se la acabara dando a lo primero que pillase. Lo fue incluso aunque me engañase con su anterior pareja. Y pese al final que tuvo, lo fue.

Llevábamos dos meses viviendo juntos. Fue casi por necesidad, *a mí no me gustaba la convivencia con mis padres* y él necesitaba cobijo, ya que es de Aragón y en Barcelona no tenía a nadie. Dani estaba acabando su carrera y su trabajo no le daba para mucho, tal vez costearse sus estudios y poco más, así que me tocó mantenerle: pagar yo el alquiler, comida, gastos y demás. Encontramos una habitación de matrimonio para los dos en un piso cerca de Drassanes a buen precio. Al cabo de dos días ya estaba hecha un asco, y lo mismo pasó con nuestra relación. Murió en nada, se hizo evidente el abismo que existía entre los dos. El amor que sentíamos venía de una atracción física descomunal y pasional, una energía que se estaba disipando, así que las malas caras sustituyeron a los abrazos y besos. Hacia el final de lo nuestro, cuando ya lo habíamos dejado una vez por su affaire con su ex, me propuso ir a Zaragoza a pasar un par de días, y así me presentaría a su hermana. Yo, encantada, acepté, pensando que sería un nuevo comienzo y una oportunidad excelente de desconectar. Fuimos en bus, no teníamos dinero para más ya que lo pagaba yo todo. Mis padres no sabían de mi escapada, por tanto no podía pedirles dinero, y él era demasiado orgulloso o demasiado desastre para pedirle algo a los suyos. Preparé unos bocadillos, por aquello de ahorrar y comer barato, y salimos de casa, ilusionados. Una vez en el bus, su actitud volvió a tornarse dura conmigo. Fue ridículo. De repente empezó a gritarme que dejara de sonreír tanto, que si no tenía respeto por él, que dejara ya de seducir al personal. Se me cayeron los bocadillos al suelo del disgusto, y él no supo hacer otra cosa que gritarme ahí en medio, "eres una inútil, recoge eso". Enmudecí, pálida, de la vergüenza y la frustración. Pensé, como tantas otras veces, que era algo pasajero, que Dani lo estaba pasando mal y se descargaba conmigo, pero que pronto todo volvería a la normalidad. Sin embargo, en Zaragoza se destapó un infierno que jamás habría imaginado. No paró de humillarme delante de su hermana y la pareja de éste, me trataba como si fuera una ramera, tápate más, me decía insolente, que parece que quieras provocar al novio de mi hermana. Actuaba como si yo no estuviera ahí, ignorando mi presencia, haciéndome sentir fatal, solo dedicándome palabras cuando pretendía despreciarme o dejarme en evidencia.

Decidimos ir los cuatro a un pub cercano, así que fui a arreglarme a la habitación. Al cabo de media hora, Dani entró y, al verme, me espetó que yo no iba con ellos, que no quería que sus vecinos pensaran que pasaba la noche con una puta barata. Clavé mis ojos llorosos en la puerta de la habitación, y creo que debí tardar casi dos minutos en darme cuenta en la figura que por ahí se asomaba. Su hermana lo había presenciado todo. En cuestión de segundos pasaron por mi cabeza muchas imágenes, la primera vez que hicimos el amor, la primera vez que le vi, el momento en que supe que me había engañado con otra, cuatro meses repartidos en dos segundos de retina. Y entonces exploté. Me abalancé sobre Dani y le pegué tanto como pude, gritando sin parar, eyaculando todo el dolor y la rabia que sentía. Él se protegió como supo mientras le pedía a su hermana que llamara a la policía. Fue surrealista, que dos hombres uniformados me pidieran que me alejase del domicilio de Dani y me dijeran que si volvía a acercarme por ahí que me llevarían a pasar la noche a prisión. Eran las dos de la mañana y me vi sola, en la calle, en una ciudad desconocida para mí, sin dinero, porque todo se lo había fundido él. No sabía cómo volver a casa.

Hay momentos en la vida en que aparecen ángeles de la guarda, de eso no me cabe duda. Personas que se cruzan casi sin sentido pero que llenan un hueco necesario y doloroso en el mejor momento posible, cuidadores y justicieros que salen de la nada, creados por generación espontánea y que son la tirita y el empujón que se anhelan en los instantes más precarios. Sin ellos, las personas no habríamos salido adelante. Una señora mayor, muy mayor, de pelo blanco y muerto, con más arrugas que expresión, con una bata azul marino y zapatillas negras, se sentó a mi lado. Iba con su perrito, al que estaba paseando, y se quedó callada, mirando hacia delante, cómo si supiera todo lo que me había pasado. Yo me eché a llorar en su regazo y ella se dedicó a acariciarme el pelo, tranquila mi niña, me decía, estas cosas pasan, pero eres joven. Cuando yo hube llorado todo lo que se puede llorar, sin mediar palabra me extendió cincuenta euros.

"Para que vuelvas a casa, pero con la promesa de que no volverás a mirar atrás".

7. F.

"Me alimento de tu tristeza. Me elevo con cada expresión melancólica. *Jhonny*, eres insaciable, te encanta sufrir, *emo*. Yo ya hace tiempo que la habría mandado a la mierda, te dije una vez que a una loca hay que follársela, pero jamás tenerla de novia. Y lo otro, qué quieres que te diga, es un mal villano, nefasto a decir verdad. Un *Joker* de pegatina, Robin a solas podría con él, y eso que es más marica que tu amigo el pedante. Pero, claro, tu madre se ha apalancado en exceso y ahora puede que pague veinticinco años engordándose y viendo Gran hermano a un precio brutalmente caro. A ver qué dice el juez, tío. Solo puedes esperar y rezarle a *Crom*. No hay más, y si no, únete al pensamiento de *El Comediante,* la vida apesta *my friend*. Pero en vez de quedarte bucólico mirando el cielo cual *pagés* errante, búscate un curro y huye lejos. Pasa de todo. Sé nihilista, como yo, a mí me la resbala todo *nen,* tengo tan claro que dentro de dos cientos años todo esto no importará una mierda, que me da igual. Seremos polvo en el espacio, *Jhonny*, ¿para qué luchar? ¿Para qué tanto estudiar, tanto trabajar, tanto esforzarse? Para pasar diez horas al día en un curro que te da asco, apenas cobres ocho a precio de cuatro, no llegues casi a fin de mes, acabes peleado con tu mujer, tus hijos te acaben despreciando, y mueras solo en un asilo para jubilados, si es que se te permite llegar a esa edad. ¡Qué ridículo, tío! Menos mal que no soy humano, pero claro, tú sí lo eres. Estás anclado a la mortandad, a la vida común, quieres un chalé y un perrito blanco que te salude al llegar a casa, unos hijos educados que pierdan la virginidad pasados los veinte, y una mujer que al llegar a los cincuenta te la siga chupando como si aún sintiera algo por ti. Pobrecillo, despierta ya, *Mcfly*."

Hay amigos, y amigos. La mayoría te van a decir lo que tienen que decirte, siempre con sinceridad pero manteniendo una línea políticamente correcta. No se esconden, pero tampoco destapan la cruda realidad como quien destapa un sándwich. Pero a veces alguien sí lo hace. Existen amigos que no solo no te endulzan las cosas, sino que potencian el dolor y se alimentan de él. F. es uno de ellos.

Le conocí cuando era pequeño y él mi vecino. Al vivir en una planta baja, la ventana de mi habitación me comunica con el patio interior de luces de la escalera de vecinos, espacio que él divisaba a través de la suya. Podíamos comunicarnos a través de ellas, pero yo solía salir al patio, donde la visibilidad era mejor. A menudo pasábamos las tardes en casa de uno o del otro jugando a la consola que estuviera de moda, o viendo películas, o las dos cosas. De tanto en tanto, su padre, que no vivía con él por estar separado de su madre, nos llevaba al cine. Mejor dicho, su padre cada fin de semana hacía cosas con él, y yo a veces iba con ellos. Siempre pensé que su padre era mejor que el mío. Yo nunca hacía cosas divertidas con mi padre, nunca íbamos a ningún sitio especial, pero F. y su padre sí lo hacían. Una tarde, estando yo en mi habitación, escuché al padre de F. tocando la guitarra y enseñándole a su hijo algunos acordes; el mío estaba durmiendo la siesta. Creo que esa escena es un buen resumen… Al cabo de unos pocos años, cuando yo era adolescente y F. un adulto más en el mundo, su madre y él se mudaron, aunque tan solo unas calles más abajo. Es curioso que tres o cuatro manzanas de distancia puedan romper un vínculo tan fácilmente, como sorprendente es que se recupere a través de una desgracia diez o quince años después.

Mi madre y la madre de F. eran muy amigas también, hasta que dejaron de serlo, cosas de adultos, me dije a mí mismo. Una mañana de noviembre de hace tres años, mi madre se topó con Ángela, la madre de F. Mamá estaba tan demacrada que Ángela, donde antes hubiera pasado de largo, se paró a preguntarle qué le ocurría. Mamá, necesitada de cariño y comprensión, agarró fuerte a la que antaño había sido su mejor amiga y la abrazó llorando en mitad de la calle, con las bolsas de la compra desgarrándole las manos, según he podido saber.

Mi padre nos había abandonado hacía tres o cuatro meses, tras una actuación lamentable. Durante largo tiempo había estado apagando su teléfono al llegar a casa, y su mujer al darse cuenta bromeaba con la posibilidad de que él tuviera algo que ocultar. Pobre. La factura del aparato también fue en aumento, y eso ya era más difícil de explicar. Mucho lío en la faena, nos contaba, y tengo que llamar yo siempre para arreglarlo todo, pero me lo devolverán en dietas. Me considero menos tonto que mi madre, y quizás estoy en lo cierto, porque en ese momento supe que tenía otra historia. Pensé que mientras no entorpeciera la vida matrimonial y la pequeña y desastrosa familia que formábamos los tres, no era digno de mención. Cosas de adultos, seguía pensando. Hasta que una noche, después de cenar, mi padre empezó a activar su ridículo plan maestro. Cada noche se habituó a comentarle a mi madre en un tono chistoso que podrían divorciarse, y luego soltaba alguna carcajada, como si fuera una broma. A las dos semanas, ella explotó y lo echó de casa, siendo él entonces la víctima, papel que le sentaba muy bien. Al cabo de veinticuatro horas volvió y, poniéndose de rodillas, imploró nuestro perdón, que no tenía a nadie más en el mundo, pero que no era feliz, que se sentía ignorado en su propio hogar. Mi madre, llorando también, se abrazó a él. A partir de ahora todo irá mejor, sollozó mi padre enredándose en su pelo.

Una semana más tarde ella entraba en el comedor con un papel en la mano y lágrimas en los ojos, ¿es esto verdad?, no paraba de preguntar. El idiota, callado, no levantó la mirada del plato, y asintió con la cabeza. Mi madre volvió a la cocina y yo fui corriendo a encontrarla, cogí el maldito papel y lo leí. Era una petición formal de divorcio. Me olía que en el fondo todo tenía que ver con su historia paralela, y que todo su teatro era para escaparse siendo él la víctima y proyectando su culpabilidad y su mierda en nosotros. Pero no tenía suficientes pruebas. En menos de dos segundos ya se la había estampado en la cara, entre gritos. ¿A qué vino tu numerito la semana pasada si ibas a pedir esto? Me respondió que necesitaba quedarse en casa unos días más, que si no, no tenía dónde dormir, pero que de momento no había nada de lo que preocuparse, que él realmente no quería irse lejos, tan solo pretendía separarse para ver si eso avivaba la llama perdida, que no deseaba destrozar nuestro hogar. Yo sabía que todo era mentira, que tenía una amante, y que mi padre, persona que puso la semilla que me trajo al mundo, estaba conspirando contra mí y contra su mujer, mi madre.

No fue hasta pasados unos días que pude tener la prueba definitiva. Él volvió pronto a casa, más que de costumbre, e hizo algo que provocó en mí la más grande de las desconfianzas: se fue a la cama pronto y sin cenar. ¡Sin cenar! Él, que todo se lo tragaba. Al cabo de un rato me dirigí al lavabo, cuya puerta se encuentra al lado del dormitorio de mis padres; su puerta estaba encajada, pero no cerrada, cabía un palmo grande en la obertura por la cual salía la luz, que permanecía encendida. Me detuve ahí, extrañado. Agudicé el oído, y así fue cómo me enteré de toda la trama. Sí, lo intento, pero no es fácil, ella no quiere entenderlo, pero cálmate, que pronto estaremos juntos, te lo prometo, sí, sí, te quiero, yo también te quiero, te quiero mucho, tengo ganas de dormir solamente para soñar contigo, de verdad no te preocupes que esta situación se arreglará y podremos centrarnos en nosotros, susurraba muy bajito, y me costaba oírle. Siendo plenamente consciente de lo que sucedía, abrí su puerta, despacio, sin hacer ruido. Estaba de espaldas a ella, estirado en la cama, con la almohada tapándole la cabeza para disminuir el sonido de su voz. Seguí ahí clavado, camuflado gracias a su estupidez y descuido, aún sin entender qué podía o debía hacer yo. Él proseguía su discurso, más de lo mismo, que la quería mucho, que ella lo era todo para él, que su mujer ya era el pasado, pero que le diera tiempo para hacer las cosas bien. Finalmente reaccioné. Golpeé la pared, a lo que mi padre respondió dando un brinco, medio incorporándose. ¿Con quién hablas?

El resto es historia. Intentó hacerme creer que yo era el loco, que había malinterpretado. Le di la opción de ser él quien se lo contase a mi madre, pero no quiso ser valiente. Cuando ella llegó a casa encontró el ambiente enrarecido y, al indagar, se topó con la actitud cobarde y desesperada de su marido. En unos segundos, me debatí entre el dolor de una madre o ser cómplice de una mentira repugnante. Papá te la pega con otra. Noche tensa, mi madre vomitando a causa de los nervios, mi padre culpándome, y yo sabiendo que después de todo aquello nada volvería a ser igual.

Lo que no me esperaba era que al día siguiente mi padre tuviera un accidente de tráfico que casi acaba con su vida. Estuvo dos meses en el hospital mientras su columna, según los médicos, pendía de un hilo. Volvió a casa tras los sesenta días, todavía sin poder hacer vida normal, con un corsé que no podía quitarse en ningún momento, pieza que le sostenía el tronco protegiendo así su delicada fila de vertebras, no nos mováis mucho o dejaremos de hacer nuestro trabajo, debían rezar. Permanecía el día estirado en la cama, convaleciente, con mi madre como criada. Yo ni siquiera había ido a verle al hospital. No se lo merecía. Supongo que por eso no se despidió de mí cuando se fue. Volví a casa un mediodía de verano, y la encontré vacía. Llamé a mi madre por teléfono, ¿dónde estáis? Estoy en casa de unos vecinos, hijo, tu padre se ha ido.

No tardó en enfermar. Un mes y medio, tal vez. Así fue como supe que mi madre no era del todo humana, sino que tenía cierta ascendencia élfica, raza que solamente puede morir a través de la guerra o de la tristeza. Fue la segunda la que casi me la arrebata. Primero menguó su carácter y, posteriormente, su cuerpo; se hizo más pequeña, más débil, más pálida. Estaba irreconocible, con un tono verdoso en su piel. Perdió mucho peso y los médicos eran incapaces de encontrar causa orgánica alguna. Empezó a recuperarse en el momento en el que comprendió que su vida no terminaba ahí, así de sencillo. Cuando no hubo más lagrimas que derramar, más sangre que verter, más dolor que purgar, comenzó a remontar el vuelo. Sobrevivió gracias a su linaje humano, ese que hace que quieras seguir adelante aun con toda la mierda que se te viene encima, ese que te dicta desde algún lugar recóndito y desconocido que no hay marcha atrás y que lo mejor está por venir. Gracias a eso conservo una madre. Los juicios y papeles que sucedieron después no tienen importancia si se comparan con el valor de la supervivencia. El hogar en el que me he criado, mi casa, mi nido, mi infancia, todo está a nombre de mi padre, y por él nos tenemos que ir fuera tarde o temprano, porque da igual cuánto tiempo hayas dedicado a mantener un hogar, si no está a tu nombre no te pertenece. Así de fácil las leyes que redactan políticos sin alma te pueden dejar en la calle; a menudo uno se pregunta cómo los vagabundos han llegado a tal situación. Pues por basura como ésta, supongo. Pero nada, repito, nada se equipara al valor de seguir con vida.

Ángela, identificada con la causa, se desentendió de las diferencias que habían separado a dos personas amigas, y se deshizo en cuidados hacia mi madre. Por ende, mi amistad con F. se vio renovada tras tantos años sin vernos. Le puse al tanto de mi situación familiar, y la verdad es que gracias a él siempre he podido reírme de todo este asunto. No edulcora nada, es destilado como el que más. Y tan perro callejero que sus frases sin subterfugios te calan y desgarran en carcajadas. El humor cinéfilo es algo entre él y yo. También de Lorena está al tanto, sabe toda la historia. Sabe que la conozco desde hace años, que daría mi vida por ella, pero también que no es una chica fácil, y aún sin conocerla es capaz de diseccionar su locura y, sin vergüenza ni disimulo, aconsejarme que mejor olvidarme de ella. Me sigue recordando que Lorena *casi* se besa con otro tío delante de mis narices, historia que yo mismo soy incapaz de obviar, y que él utiliza como arma política para destruir mi vínculo con ella. Pero F. no sabe de los buenos momentos, no sabe cómo me siento cuando hacemos el amor ella y yo, no sabe lo que significa para mí tenerla viviendo en casa, la compañía que me ofrece, la carga emocional que me supone haberla visto crecer, cuidarla, amarla; no sabe lo que para mí es el vínculo que mi pequeña doncella ha creado con mi madre. Cuando las dos mujeres que más le importan a un hombre se ponen de acuerdo, el hombre encuentra la paz y la felicidad. Es la tranquilidad máxima, máxime cuando la calma es lo más necesario en su vida. Y esas son las aguas termales que adoro, cuando las veo juntas charlando, dándose apoyo la una a la otra, sé que estoy en lo correcto, que este es el camino, y que nada ni nadie puede romperlo.

Los buenos momentos están ahí, solo tienes que cogerlos, que cazarlos con tus manos para poder llevártelos a la boca y saborearlos hasta deshacerlos en migajas infinitas. El tigre suele abrir sus fauces para rugir, quejarse, asustar, pero no para sonreír. Las personas somos iguales, pero nuestras rayas son más profundas y jodidas. Si se enciende la televisión para ver las noticias es difícil presenciar algo bueno, algo puro, bondadoso; las nuevas son siempre catástrofes naturales que desentierran la pobreza de un pueblo inanimado, guerras absurdas en cualquier punto del globo tercermundista y no tan tercermundista, accidentes de tráfico, tráfico de estupefacientes, y violencia de género. Los humanos somos así, lo bonito no nos compensa, no nos da morbo, no lo sabemos valorar. Si yo hablara de todas las cosas buenas que me da Lorena, las malas no tendrían tanto peso en la mente de mis amigos, y entenderían mejor el por qué sigo a su lado pese a las repetidas veces que me eleva el tono de voz, o que pierde los papeles y suelta improperios por sus labios carnosos, o que monta escenitas de *te dejo-me voy-persígueme*, o que parece seducir -o dejarse seducir- por otros delante de mí. Momentos que me duelen infinito pero que se compensan cuando me mira con esos ojos de duende en celo para decirme que me quiere, cuando me acaricia con sus manos de cabello de ángel para calmar la sed de mi piel, cuando me roza con sus heridas para calmar las mías, cuando funde su cuerpo con el mío y nos transformamos en un único ser.

La mano empieza donde terminan sus pies. Sensibles, imposibles de tocar, fríos pese al corazón caliente, se pelean por sobrevivir entre un mar de sábanas enredadas entre carmín y sexo. El olor a infidelidad desaparece con el tacto de su ombligo, en un remolino de carne blanda con sabor a olas. Dulzura de sobremesa, me invade en cada apetito sin saciar, me engulle en términos poco claros, me despide en puertos mediterráneos. Son los dedos del boxeador los mimos de la fama, son los suyos los sonidos de mi cama. Pájaro en búsqueda de algo auténtico, jamás parece tener suficiente. Y yo rezo, rezo, rezo, por ser el último púgil en golpear su almohada.

Pese a todo, da miedo que F. pueda tener razón.

8. Calvo

Lagunas que bailan al son de la noche, barras de colores que se balancean en el ayer, la oscuridad con su garrote en la mano me obnubila los sentidos. Quizás es que no vale la pena recordar mucho más. Abrir los ojos no es fácil, las pestañas deben despedirse después de largo rato abrazadas, mientras que la pupila debe recordarle al iris cuál es su función. El cansancio no ayuda, y el agua que echa de menos el cuerpo, aún menos. Hay gente que no me cree cuando digo que no son pocas las ocasiones en las que no consigo recordar que hice o dejé de hacer la noche anterior. Existe una cantidad de alcohol concreta que me lleva a otro sitio, me hace levitar llena de energía, ayudándome a no pensar en la guillotina que es para mí la vida. Cuando la música suena fuerte y yo la oigo poco es la señal necesaria que me indica que, por esa noche, he llegado a mi destino. El resto solo son caras deformes, chicos que te cogen de la cintura y se te pegan demasiado, más bebidas ofrecidas a cambio de besos baratos.

Es lindo poder olvidar por un rato que tus propios padres te echaran de casa, demasiado complicado convivir contigo, Lorena, fue lo que se me dijo. Al menos me pagan religiosamente, cada mes, el suficiente dinero como para no echarles mucho de menos. Gran trabajo, papis, sí señor. Toda esta pasta sustituye la falta de afecto que he sufrido en más de veinte años. Billetes en mi cuenta bancaria a cambio de los besos y abrazos que jamás recibí. Dinero para tenerme lejos, para comprarme. Me pregunto qué sustituye entre ellos la falta de sexo.

Hace unos treinta años, un chico guapo, muy alto, calvo, y de buena familia, tenía por costumbre pasear por la Diagonal de Barcelona. En su mirada se reflejaba la ambición, heredada en sus genes, característica propia de su tribu urbanita de clase alta. Sus padres, bien relacionados, siempre le enseñaron una moral dura y estricta, religiosa, pero siempre con la idea clara de que el reino de Dios se gana en la tierra, y que eso es algo que cuesta mucho dinero.

Dinero.

La verdadera palabra. Por eso se quedó calvo, decía, porque de tanto pensar en cómo ganar billetes el cuero cabelludo se le terminó por incendiar. Fue al quedarse sin cabellos que sus ideas parecieron aclararse, de pronto el mundo lucía con más intensidad, con más fuerza, con más fulgor. La solución estaba en comprar dinero con dinero, y venderlo una vez revalorizado. Comprar, especular, vender. Ganar. La fórmula era tan sencilla que no conseguía entender cómo no se le había ocurrido antes.

Al principio, por muy claras que tuviera sus intenciones, no era poseedor del método necesario para conseguir con éxito su propósito. Se dio cuenta de que, para empezar con buen pie, necesitaba informarse de cuáles eran los vendedores de los que se podía fiar, y cuáles los compradores a los que podía timar. Pero el mercado bursátil no era un gallinero fácil, y se percató de que allí dentro todo cazador era cazado en algún momento, y viceversa. Entendió también que todo timador podía ser timado, y todo timado podía ascender a timador. Era algo cíclico, a decir verdad. Así pues, llegó a la conclusión final de que el talento que le haría ser diferente al resto de buitres sería aquel que le permitiría ser siempre timador, tarea que no resultó nada sencilla. Decidió que lo mejor era primero dejarse embaucar, para ver qué estrategias usaban aquellos emprendedores voraces con su alma vendida al diablo del petrodólar. Sintió en sus carnes las intenciones ajenas, las mentiras, las suspicacias, las medias sonrisas, las fórmulas retóricas de cada situación, los tempos. Y cuando por fin se vio preparado, salió a morder con tanta seguridad que no tardó en llegar a casa habiendo conseguido el suficiente dinero para comprarse un coche en una sola mañana.

Sabiéndose triunfador, sacaba a pasear su calva a menudo, que relucía tanto como su reloj de oro, su cinturón de plata fina, y sus zapatos de marca cara. Pese a no ser el tipo más atractivo del planeta lo era lo suficiente y, en uno de sus paseos matutinos, deslumbró sin querer, a causa del brillo del sol reflejado en su calva, a una joven hermosa de pelo negro intenso. Perdona, me pasa a menudo, le diría él a ella con una sonrisa encantadora; pues a mí no, no es muy corriente que me deslumbren...así, más o menos fue lo que debió contestar la chica de pelo negro intenso, para inquirirle luego que quizás debería compensarle con un café el posible daño ocular que le había causado.

El café fue lento, amargo, como lo sería después su matrimonio, pero ¿cómo iban a saberlo ellos, verdad? La taza amarga se convirtió en una cena para dos en un buen restaurante de zona alta, de esos en los que primero pruebas el vino, y si no estás satisfecho te traen otra botella. Normalmente la gente suele asentir a la primera, y únicamente cuando un entendido en la materia nota algo inusual en la bebida, o cuando algún caballero quería impresionar a una dama, o en casos aislados cuando se quería celebrar algo y para ello gastar una broma a los camareros, se pide el cambio de botella. Cuentan que esa noche el calvo pidió cambiar la botella diez veces hasta estar satisfecho con el vino. "Te mereces lo mejor, y hasta que no me asegure al cien por cien, no probarás nada".

Qué tierno.

El vino se convirtió en cama, la cama en un amanecer, y a ese le sucedieron muchos otros, tantos, que al final un anillo en cada uno de ellos les esposó para siempre, condenándolos a congelarse en lo profundo de una vida sin luz. No era de extrañar, alguien que repele al Sol con su propio cogote, proyectando así su larga sombra, no es alguien que inspire mucha felicidad. La mujer morena, sin embargo, se dejó cautivar por el romanticismo inicial, igual que la carroña especuladora se deja embaucar por los buenos engaños. Todo le salía bien al calvo.

Pero la suerte no es eterna en este mundo, ni en ningún otro. Y por eso, y no por otra cosa, por la simple ley pendular que dice que todo lo que sube acaba por bajar -para luego volver a subir- fue por lo que el calvo se vio abandonado por todas las cosas buenas que parecían sucederle: su arte para timar se vio mermado, el mundo estaba cambiando y él, ensimismado en su propio palacio, no supo verlo venir. Empezó a perder dinero, cada vez más, hasta darse cuenta de que ya no era tan rico. Al empobrecerse, su carácter cambió. No se moría de hambre, ni mucho menos, pero las cosas ya no iban tan extraordinariamente bien y alguien tenía que pagar por ello. Su mujer entonces ganaba más que él, ella sí que había sabido cambiar con el tiempo, o mejor dicho, a tiempo. Su empresa funcionaba a las mil maravillas. Para el calvo esto era bochornoso, que su mujer fuera la que más dinero entrara en la casa.

¿Qué diría su familia? ¿Qué dirían los vecinos?

Empezó a humillarla públicamente para sentirse mejor. Primero comenzó por su aspecto, diciéndole delante de compañeros y amigos en cenas de trabajo lo excesivamente predispuesta que parecía al llevar tal o cual falda. Después delante de la familia, comparando "los trapos" que se ponía en esos eventos caseros, nada que ver con "los vestidos de noche lujuriosa" que usaba en otras ocasiones. La pobre mujer no decía nada, amaba a su marido, el mismo que probó diez vinos distintos hasta encontrar el sabor perfecto para ella. Más tarde él aprovechaba cualquier ocasión para probar que su nivel cultural era superior al de su mujer, le solía hacer preguntas sobre qué artista le gustaba más, y por qué razones; también sobre qué escultura era su favorita, qué canción, qué banda musical, qué obra de teatro, y todo lo que se le pudiera ocurrir. La exprimía tanto que llegaban a tener conversaciones ridículas, pero todo era poco con tal de saberse superior. La mujer seguía aguantando, como si la cosa no fuera con ella.

Hasta que el calvo finalmente redirigió su punto de mira. Todo cambia cuando llega un hijo a tu vida, y si es una hija, todavía más. No sabía el motivo, pero le daba placer provocar el llanto de su niña, hacerla sentir mediocre, reñirle por todo, jugar con sus emociones. Tenía la vida de ese pequeño ser en sus manos, esa pequeña humana a la que se veía obligado a alimentar, vestir, y cuidar. En una ocasión incluso la agredió físicamente. Le regaló tal guantazo que la niña se meó encima, presa del dolor y del miedo. Por cierto que el trato del hombre que repelía al Sol hacia sus dos féminas cambiaba según el estado de sus actuaciones laborales. Si le iba bien en el mercado del dinero, le iba mejor en casa; si no era así ya podían prepararse esas dos desdichadas.

Con lo que el Calvo no había contado era con que su hija algún día se haría mayor, y ya no podría controlarla tanto, cuando las hormonas de la adolescencia hablaran en su lugar, tomaran el control, y una nueva personalidad emergiera donde antes había tan solo una persona. Una vez el contenedor estuvo repleto de contenido, padre e hija se disputaron durante años el cetro de la razón, mientras que la madre, mujer morena, envejecía por fuera por mantenerlo todo por dentro.

Una noche como cualquier otra, la chica adolescente, hija de dos témpanos de hielo, tuvo un sueño caliente, asfixiante, que la hizo marearse aún estando dormida. El calvo la cogía, la agarraba con fuerza, no la dejaba moverse y, apretándole fuerte el cuello, conseguía dejarla sin habla, casi sin respirar. Estando ella rendida, él podía hacer lo que quisiera, acariciarla, lamerla, introducir sus dedos en los rincones más sagrados y, al final, cumplir con su máximo deseo, ese que haría que él fuera declarado vencedor de una vez por todas. Era tan real que la chica se despertó con el pijama roto.

Con el pijama roto.

Nunca volvió a ser la misma. Los ojos de su padre le parecían ahora llenos de lujuria, y en cada palabra encontraba un mensaje oculto. No era real, ella lo sabía. Pese a todo, ya apenas dormía, temerosa de volver a soñar con algo tan espantoso, temerosa incluso de que se tornara realidad. Conciliaba el sueño apenas dos horas. Algunas noches, mientras miraba a oscuras el techo de su habitación, escuchaba a sus padres discutiendo. Muy pocas veces los oyó tener sexo, mejor así, pensaba ella, porque oírles era revivir aquella terrible pesadilla, y eso era algo que no se podía permitir.

Llegó un punto en que la tiranía del Calvo se apropió tanto de la luz del hogar, que las plantas dejaron de crecer para empezar a menguar, que el agua del grifo adquirió otro tono, que el polvo comenzó a sedimentar en todos los rincones. Pero, sobre todo, las dos mujeres que convivían con él se volvieron extrañas; la madre, por un lado, retraída en sí misma, casi perdió su capacidad de comunicación; y la hija, por otro, perdió toda su chispa vital para emerger como una persona desconfiada, que pagaba todo su miedo con los demás. Las discusiones entre padre e hija se hacían más vehementes conforme ésta se hacía más mayor y temperamental, hasta que la situación se hizo literalmente insoportable. El Calvo ya no ocultaba la podredumbre de su interior, ni tampoco se esforzaba en disimular la lujuria en sus ojos al mirar a su propia hija; la mujer del Calvo era ya poco más que un mueble raído en un ático de una zona noble, y la chica una superviviente, valiente por fuera, temerosa por dentro. Ella nunca renunció a luchar por el amor de sus padres, que siempre creyó que algún día llegaría; nunca renunció a intentar salvar a su madre, ni a conseguir que su padre la tratase como a una verdadera hija... Pero la sombra de aquel hombre sin pelos en la cabeza era demasiado oscura, demasiado larga, y demasiados años había pasado ya corrompido por la codicia, la negrura, y la envidia. Sobra decir que, en algún rincón de su mente, la chica todavía guardaba todo el dolor, todas las faltas de respeto, aquel guantazo, y un horrible *sueño*.

Una tarde en la que el hombre no salió de casa, le dijo a su hija que ya era suficientemente mayor para buscar trabajo; ella le repuso que prefería centrarse en sus estudios, que no tenía prisa por ganar dinero, que prefería formarse. El Calvo le explicó entonces que él no quería seguir manteniéndola, cosa que la chica no entendió, porque en esa casa sobraba el dinero. Así se desató una nueva lucha de poder entre padre e hija, en la que sin quererlo la madre y mujer tuvo que tomar parte, puesto que era la que aportaba más dinero al hogar. Al ser suyo, el Calvo y su hija le propusieron el rol de juez, que ella decidiera quién tenía razón. ¿Debían seguir las cosas como hasta ese momento, o debía la hija buscarse su propio destino a tan temprana edad? La mujer morena, al principio, tenía más o menos claro que deseaba que su hija siguiera estudiando, pero cuando vio la cara de su marido, amenazante, oscura, tenebrosa, entendió cuál tenía que ser su respuesta.

La chica, contando veinte años de edad, abandonó el hogar. De nada sirvieron sus amenazas de lanzarse a la droga o a la prostitución. Sus padres celebraron su partida, haciendo caso omiso, demostrando la frialdad que imperaba en aquel maldito lugar. Durante días vagó sin rumbo fijo, no teniendo dónde dormir, hasta que encontró asilo en casa de unos amigos que, sin mucho preguntar, accedieron a darle cobijo un par de jornadas. Pasada una semana, seguía sin tener noticias de sus padres, así que finalmente fue ella quien llamó. La reconciliación fue poco más que un teatro de intereses, pero al menos salvó lo poco que había entre padre e hija; llegaron a un pacto en el que la ayudarían a mantenerse económicamente mientras estudiase, con la condición de que no viviera con ellos.

¿Qué fue lo que provocaba esa conducta irracional en el hombre calvo? ¿Qué fue lo que la mujer morena obtenía para dejarse hundir así, y sacrificar su relación con su hija? Quizás hay algo que no se sabe en esta historia, quizás la adolescente no fuera tan inocente, quizás provocó algún tipo de desastre natural en ese hogar, y, para salvar el matrimonio, no les quedó otro remedio que actuar así. Quizás la hija sea tan solo un estorbo inútil, una decepción, y merece todo lo que le ocurre. O tal vez no, tal vez simplemente hay que aceptar que el Calvo es el mal personificado, un mal que se extiende tanto en la realidad como en los sueños… Es algo que nunca saldrá a la luz, ésa misma que brillaba por su ausencia en lo profundo de sus vidas.

La arena se filtra a través de la sangre, y recorre toda la playa, desnuda, intentando gritar. En lo gélido del verano, se pasea descalza hasta encontrar lo singular del invierno. Esquiva las rocas y, celosa de ellas, mira al cielo intentando comunicarse con las gaviotas, que parecen querer alimentarse de restos de pelo hundidos en su piel. La soledad no es un lugar tan descabellado, ni tan frenético, pero duele más. La arena siempre quiso ser roca. Y la roca, siempre deseó volar libre entre gaviotas.

Me pregunto qué sustituye entre ellos la falta de sexo.

9. Despierta

Hay algo que no estoy haciendo bien. Lorena me aplasta con todo. Últimamente ya nada la hace detenerse. Me responsabiliza incluso de las gilipolleces más absurdas.

Esta mañana ha llegado tarde a la universidad. El despertador le ha sonado cinco veces, y yo he intentado despertarla en dos ocasiones. Incluso me he levantado y le he dejado café preparado en la mesa. Se te va a enfriar, despierta ya, perezosa, que tienes que irte a clase, le he dicho. Y nada. He desistido, es mayorcita, así que si llega tarde no es culpa mía. Además, está adorable cuando duerme...

Pero mis temores se han hecho realidad. Sabía que me culparía. Al despertarse y ver que llegaba dos horas tarde, ha gritado, enfadada. "¡No me has despertado! ¡Es que estoy con una persona que no me sirve para nada! ¡A la mierda!" Y ha vuelto a hundirse en la almohada. Yo ni siquiera he protestado. ¿Para qué? Estoy cada vez más cansado. Ahora se piensa que incluso tengo que ser su despertador. *Tic tac*, Lorena, *tic tac*.

Desde que volvimos de nuestro pequeño viaje todo ha ido a peor a un ritmo desenfrenado. La caída se originó antes, mucho antes. De hecho, antes incluso de ser pareja. Quizás nunca debí haber aceptado, pero los sentimientos no se pueden escoger, son ellos los que escogen por ti. Pero cada vez que acabo por ceder, cada vez que acabo por darle la razón con tal de no perderla, alimento su posición enfermiza sobre mí. No soy capaz de confrontarla, y así no la ayudo. Pero tampoco puedo decirle lo que sé. La gente te suele mirar mal si les dices que estás licenciado en psicología.

Cada semana es una nueva batalla. Desde que estamos juntos, cada semana encuentra un nuevo motivo por el que intenta dejarme. Y me quiere mucho, dice, me ama. Pero cualquier desacuerdo provoca en ella la ira más irracional y el sufrimiento más brutal. Su histrionismo aparece y durante horas me toca perseguirla y calmarla, y para ello siempre necesito recurrir a lo mismo. Tienes razón, la culpa es mía, nunca debí haberte llevado la contraria, perdóname, intentaré mejorar, Lorena. Tic tac.

Yo la entiendo, y me compadezco de ella. Siempre ha sido así. Si ella grita, yo intento ser el silencio que equilibre el universo que nos envuelve. Si ella llora, yo intento ser el pañuelo. Si ella está triste, intento ser su payaso. Pero el ser humano vuelve a su cauce igual que el río que fue desviado por la tormenta. La naturaleza no se puede combatir. No siempre puedo callar. No siempre puedo ser el silencio, el pañuelo, el payaso.

Enero. Te miran peor si lo que les dices es que eres psicólogo.

SEGUNDA PARTE:
VENECIA

1. Un gran día

Hoy ha sido un gran día. Uno de esos en los que te sientes bien, casi feliz, afortunada. Me he despertado pronto para poder desayunar con calma, tres tostadas, una con mantequilla, otra con mermelada, y otra con jamón y queso fundido, acompañadas de un café largo y amargo. Me he fumado un pitillo y me he puesto en marcha.

Escuchando música, canciones cantadas por Marilyn Monroe, mi ídolo total, me he vestido con un chándal ceñido que me marca el contorno dándome un aspecto atlético y he salido a la calle a correr. He trotado desde mi barrio a Plaça Universitat. Una vez ahí, he dado una vuelta por el centro, mirando los escaparates de las tiendas, sin atreverme a entrar ya que iba muy sudada. He vuelto a casa, me he dado una ducha y he descansado un rato bajo la hipnosis de una buena lectura. No he comido nada más en todo el día, porque por la noche sabía que saldría a cenar con mis padres y que muy posiblemente me harían tragar de lo lindo.

Me han llevado a un restaurante mexicano que hay en el barrio de Sants, llamado "La Tarántula". Las raciones de nachos aquí son inmensas y están totalmente bañadas en queso fundido y ricas toneladas de guacamole; se pueden acompañar con unas *súperfajitas*, que tal como indica el nombre, son *súper*. Lo hemos rematado con una "muerte por chocolate". Ha sido una cena agradable, de conversación animada, me han preguntado cómo me van los estudios, qué asignaturas me gustan más, qué tengo pensado hacer cuando termine...y además los he visto unidos, se cogían de la mano, y les he descubierto un par de sonrisas cómplices. Me siento bien cuando les veo así. Al fin y al cabo, son mis padres. Me hace pensar en cómo habría sido si siempre hubiésemos sido así de felices, los tres sonriendo y comiendo juntos, hablando sin discutir, sin ataques, sin juicios, sin sentencias. Si entre ellos siempre hubiera existido este tipo de complicidad y me hubieran tratado a mí con el mismo respeto y cariño. Me han besado en las mejillas al despedirse, y he notado ese calor que solamente emerge de la lava del amor de unos padres. Momentos como éste he vivido muy pocos, pero cuando suceden intento agarrarlos con fuerza, quedármelos para mí, como el pirata que huye de su tripulación para guardarse para él todo el tesoro y no compartirlo con nadie.

Y dentro de quince días tendré un fin de semana la casa para mí. La suya, quiero decir. Se van a pasar dos días fuera, a un hotel cerca de la costa. Y me dejan las llaves. Queremos volver a confiar en ti, me han dicho. Al principio me lo he tomado un poco mal, no creo que yo les haya dado jamás motivos para no confiar en su hija. Pero, pensándolo bien, es una nueva oportunidad de acercarme a ellos, y he recogido el gesto de buen agrado.

Para rematar el día he quedado con una amiga de la uni, hemos ido a tomar algo y a practicar nuestro deporte favorito: espantar buitres.

Pero es que eso no es todo.

Al llegar a casa tenía un *e-mail*. Me ha escrito. Sabía que lo haría. Tarde o temprano, sabía que lo haría. Me he alegrado un montón, a decir verdad. Es un chico muy majo, y hace años que le conozco. Para ser realista, tengo que reconocer que lo que le hice hace unos meses no estuvo bien.

Y él me apartó de su lado, era lógico. Lo acepté sin más.

Me pregunta que cómo estoy, que tiene ganas de saber de mí. Qué mono, me dice "no sé si te acuerdas de mí...". ¿Cómo no iba a acordarme? Le conozco desde hace...cuatro años, creo. Y nos hemos liado varias veces. Es guapo, muy guapo, y es de esos que ha ganado con los años. La última vez que le vi se había dejado una barbita corta que le hacía de lo más interesante. Tiene cara de angelito, casi de niño, pero la barba, esa barba, le había dado un empujón hacia arriba en la escala evolutiva. Y sus ojos azules, sencillamente tremendos. Su mirada, dulce como la de un niño pequeño.

Desde que le conozco siempre se ha preocupado por mí. Creo que nunca me ha faltado al respeto, ni me ha tratado mal. Y me ha llegado a perdonar ciertas cosas...que yo no sé si perdonaría. Antes de verano, cuando estuvimos liados por última vez, la cagué mucho con él. Pagué con él toda mi frustración, fruto de la peor etapa de mi vida; le grité en la calle, le dije de todo, y delante de algunos de sus amigos.

Y sin motivo.

Reconozco que sin motivo. Él se mostró algo celoso, pero nada que mereciera todo lo que le dije. Pero siguió ahí, como siempre, como durante todos estos años, como cada vez que a mí me daba por desaparecer durante meses de su vida. Siguió ahí. Pero volví a evaporarme, no me sentía bien en ningún lugar. Y al final recibí un mensaje suyo diciéndome que ya estaba harto, cansado de pasarme tantas y tantas, y que tras la enésima ocasión en la que intentaba conocerme y en la que me había perdonado lo que me había perdonado, que volviera a desaparecer sin motivo ya le parecía un chiste. Ya no quería seguir esperándome, no quería sufrir más.

Pero ha vuelto, o mejor dicho, nunca se fue. Sigue ahí. ¡Ah, me siento genial! ¡Todo me parece posible, me siento capaz de cualquier cosa! Podría bailar y bailar horas sin música, podría pintar cuadros sin pinceles con mis manos bañadas en colores, podría echar a volar sin que la gravedad hiciera efecto, ¡puedo ser feliz!

Octubre está siendo bueno, Noviembre pinta mejor.

2. Simbiosis

Vive dentro de mí un enanito. Nadie más lo sabe. Nuestra convivencia es dura, pero real y posible. Es un enanito filósofo, centrado y responsable. Sabe escuchar y dar buenos consejos. Siempre parece tener razón, como si de un padre o una madre se tratara. A su vez, él alberga otro enanito, aún más pequeño. En total somos tres. Todo empieza, para ser sincero, con el más pequeño de nosotros. Él es el más egoísta e irracional. Es pasional. Es él el que, cuando nos cruzamos con una chica increíble en el metro o por la calle, se vuelve loco y arde en fuego. Fuego que me llega a quemar a veces por dentro, que me calienta la sangre. Es el que no quiere trabajar, el que solamente desea ver películas y dormir, o jugar a cualquier cosa. Desea vivir. El enano que lo guarda lucha contra él cuando se desboca en demasía, le dice que pare, que hay unas normas que seguir. Yo miro hacia dentro, cerrando los ojos, y observo esa lucha. Veo a mi enanito de ojos claros y semblante frío y calculador recordarle al suyo, de ojos negros y piel rojiza a causa de su inestabilidad, lo que es correcto y lo que no, mientras que el otro, lleno de energía reprimida, le recuerda lo que no es placentero y lo que sí.

No siempre gana el mismo. Hay veces en las que el enanito responsable se cansa de discutir, o incluso se deja seducir, y yo actúo en consecuencia. Pero, por suerte, suele imperar e imponerse sobre su protegido y díscolo hermano menor. Sé que cada uno de ellos tiene su parte de razón, y pese a que se encuentran en constante conflicto, yo intento satisfacer a los dos. No es fácil. Cuando la lucha es encarnizada a mí se me revuelve todo por dentro, mis órganos más vitales se agitan, medio deseosos, medio miedosos. Indecisos. Entonces me mareo y caigo en mil y una paradojas.

Por eso en algunos momentos he de decir basta. Hacer callar a esos dos seres diminutos que me habitan, y hacer oír mi propia voz. Por desgracia, esta ardua tarea la consigo llevar a cabo muy pocas veces.

Yo creo que todos tenemos a estos pequeños seres dentro. Hemos vivido en simbiosis con ellos desde eras inmemoriales. Pero nadie lo sabe. A la vista está que, el ser humano, cuánto más poder tiene, más se deja dominar por el enanito irracional. Yo diría que no nos ha ido demasiado bien. Como es de esperar, a estos enanitos los humanos les pusimos nombre, aún sin saber a ciencia cierta de su existencia. Necesitábamos catalogar lo desconocido. Al enanito más pequeño, algunos, los más genetistas, lo llaman instinto; los románticos lo llaman pasión; otros lo llaman *ello*, e incluso a veces pulsión sexual.

Pulsión sexual.

Al enanito responsable también se le dieron diversos nombres según la corriente filosófica imperante, el país, e incluso la religión. Así, algunos lo llaman moral; otros ética; algunos le siguen llamando *superyó*.

Y a cada uno de nosotros...Yo soy *yo*. A mí me llaman por mi nombre.

A Lorena me gusta llamarla por *su* nombre. Ella me llama con apelativos cariñosos, como *cielo*, *cari*, y tonterías así. A mí me gusta llamarla Lorena. Es su nombre, qué coño, y la define bien.

Ya no puedo pensar en ese nombre sin evocar sus largas piernas, sus pies de hielo, sus tobillos anchos. No puedo oír ese nombre sin saltar instantáneamente a una imagen de su pelo de azabache, brillante, frondoso, largo y desenfadado, pero al mismo tiempo terriblemente domado por la moda.

No sin sentirla encima de mi vientre y caderas, moviéndose como un tsunami en completa simbiosis pélvica.

Lorena, de ojos negros y piel rojiza. Llora. Llora pero no se arrepiente. Ella muerde. Muerde pero no hace daño. La autoestima es una espina, su espina. Ella, por supuesto, es la rosa. No se quiere para poder querer a los demás. Pero no se casa con nadie. Es libre como el cielo. Guarda las estrellas en su habitación. Una estantería hecha a mano. Un beso y un condón. Limpia, ella es ceniza en el suelo. Un cigarro y un dragón. Algo que se esconde tras la música y el orgasmo. Algo que va directo al corazón. Gime y vuela. Qué bueno eso de caer dentro de ella. Si quiere te mira desde arriba, sin miedo. ¿Quizás el miedo lo tengo yo? Qué bonito precipicio… Qué importa la razón…

Quiero volver a caer dentro de ella. Quiero otro beso con condón.

3. La pitillera de Norma Jeane

Llego tarde. Llego tarde.

Joder. Muy tarde.

Me suelen decir que soy algo indecente en este aspecto. Me revienta que me lo recuerden, es algo que sé de sobras. Soy tardona, nunca llego pronto a ningún lugar, pero alguna tara tenía que tener, ¿no? Todos tenemos una. La mía es esta. Siempre llego tarde.

Tengo ganas de verle. Al primer *e-mail* le sucedieron muchos otros. Hablamos largo y tendido, y finalmente decidimos quedar. Era inevitable. Creo que se lo debo, además me apetece un montón, ¡no sé qué ponerme! He comido en casa de mis padres y aquí no tengo mucha ropa que escoger, debería ser sencillo, pero...

De acuerdo. Esta es mi segunda tara. La ropa. El aspecto. O quizás están relacionadas. A decir verdad, si lo pienso, creo que llego tarde por sistema, pero en parte también porque siempre me pruebo mil cosas antes de salir. Tengo que asegurarme. No es algo tan raro, el aspecto lo es todo, ¿no?

Bueno. Casi todo.

Me pregunto si él se habrá vuelto a cambiar de *look*. Seguro que sí, siempre que le veo se ha hecho algo nuevo. En este sentido, me hace gracia. Me resulta curioso. Y lindo. Creo que me pondré unos *leggins*, y encima unos *shorts* vaqueros. Unas botas monas, una blusa blanca, y punto. El pelo y el maquillaje ya están listos.

Me acuerdo ahora de la historia de aquel chico, no recuerdo bien su nombre. Por lo visto, mi ciudad de origen, al ser parte de una isla, siempre fue muy permeable a las modas. Ahí son más pasajeras que en otros rincones planetarios, y desde luego se mezclan por doquier. El chico sin nombre era, a su vez, como una ecuación fractal de la isla. La vida de la isla era, en realidad, la suya. Él era la persona más permeable a las modas que haya existido jamás. Y éstas se mezclaban en él como solamente en él podían mezclarse.

Llegaron los setenta, y el chaval lucía unos pantalones de campana blancos, una camisa desabrochada, y el pelo afro. Llegó el final de esa década, y el pelo afro se convirtió en tupé, la camisa se vio protegida por una chupa de cuero, pero los pantalones blancos de campana seguían ahí. Los ochenta pidieron paso y cambió sus acampanados por unos tejanos desgastados que tuvieran bolsillo trasero para guardar un peine y una pequeña navaja. Hacia la mitad de ésa década, el *thrash metal* influyó en él y su aspecto se volvió más desaliñado, un poco mas punk, y el pelo dejó la gomina a un lado y le cayó por encima de los hombros, llegando a veces a verse las caras con su culo. Poco antes de los noventa, el pantalón era de cuero brillante, y la camisa ya no aparecía por ningún sitio. En su lugar no había nada, tan solo un par de tatuajes que quedaban al descubierto debajo de la chaqueta. El pelo, a principios de la década entrante, ya no podía bajar mucho más allá de los hombros ya que el *grunge* era lo que más le latía. Sin embargo, llegó a raparse la cabeza en una ocasión, y es que aunque nunca se sintió racista, la estética *skin* le parecía cojonuda. Se dijo entonces que nunca había llevado pinchos, así que se los puso. Se dijo entonces que no se había drogado. Así que lo probó.

De vez en cuando le daba por hacer viajes a países exóticos en los que las drogas eran puras y esotéricas. Cuando volvía, a la gente le costaba reconocerle. Siempre con algún tatuaje nuevo, un peinado nuevo, un corte de barba distinto, nuevos acentos en su forma de hablar, algunos quilos de más o de menos, y atuendos extranjeros. En una ocasión su madre no le reconoció y tardó cuatro horas en convencerse de que era su hijo y así dejarlo entrar en casa.

Y llegaron los *piercings*. Las orejas ya tenían algún pendiente, pero esto fue demasiado. Se perforó la lengua, las cejas, la nariz, los labios. Y si hubiera parado ahí quizás se habría ahorrado su aciago destino. Porque a todo esto le siguió un trozo de metal en el moflete, otro en el cuello, en los pezones, en el ombligo. En las manos, entre los dedos. En los tobillos. Se implantó bolas de metal debajo de la piel que le daban un aspecto demoníaco. Ya no era un niño. Y muchos creían que tampoco un ser humano.

Volvió de uno de sus viajes astrales y sus congéneres no sabían quién era. El lagarto que habla, le llamaban. Ni su voz era ya la suya. Esta vez ni su madre le dejó pasar. Se extendió el rumor de que el chico sin nombre murió en algún país lejano, producto de una más que segura sobredosis. El lagarto que habla se recluyó en los bosques, con seres que tal vez se parecían ya más a él que los mismos humanos.

Pasaron tres largos años.

Y recibió un disparo. Un cazador, orgulloso de haber atrapado al lagarto más grande y extravagante jamás conocido. Llevó su trofeo al Zoo de la ciudad, que exhibió al animal y lo convirtió en la atracción turística más importante. El chico sin nombre probablemente había perdido el habla, o simplemente dejó de esforzarse. O puede que ni recordase ya quién era. Quizás no se reconocía en el espejo. Eso le puede pasar a cualquiera.

A cualquiera.

Cuando murió, los médicos del zoológico le practicaron la autopsia. Vieron que era humano. El hijo perdido. Fue un caso sonado. ¿Cómo no habían sabido reconocerle? ¿Cómo habían podido confundir a un vecino de toda la vida con un animal casi mágico? ¿Acaso él mismo se había metido tanto en su disfraz que quiso desempeñar ese papel?

Esta historia demuestra que lo que enseñas es lo que eres. A veces he pensado en hacerme algún cambio estético, corte de pelo radical, algún tatuaje, perforaciones… pero el más importante es imposible de conseguir. Quisiera estar más delgada, ser muy fina y estrecha. No obstante mis caderas son lo que son, no puedo reducirme los huesos. Me veo en el espejo y, pese a que me repito mil veces que soy atractiva, muchos días sigo viendo a una niña fea al que todo hombre dirá que no, y cuyo padre la hace subir a la báscula día tras día. A veces incluso cuesta reconocer el reflejo del otro lado del cristal. Cuando eso me sucede hago muecas, contorsiono la cara, buscándome. Unas veces consigo encontrarme, otras no tanto. Pero soy yo. Lo soy.

Lo soy.

¿Lo soy?

Que alguien me diga que soy *yo*.

La apariencia lo es todo, ¿verdad, Papá?

Como perlas azules que sonríen dentro de una estrella incandescente y deseo tocar con las manos, pero me resultan inalcanzables. Su tacto, que otras veces fue mío, ahora lo percibo lejos. Y duele. Volver a quemarme con su fuego es mi deseo. Tenerle delante un sueño. No recordaba sentirme así a su lado; sentirme estirada en una playa de arena fina, de suaves olas, que me mecen y me susurran al oído que él siente lo mismo. Pero está lejos.

De vuelta en casa. No hubo beso tras el café, y eso me dejó un sabor amargo, escondido en mi boca, enredado en mi lengua. Pero unas palabras sí tuvieron lugar. *"No más escenas chungas. No más faltas de respeto. Y sobretodo no vuelvas a desaparecer, por favor. No me vuelvas a hacer algo así. No sin una explicación, un motivo. No quiero volver a perderte de esa manera."*

Llegué unos cuarenta minutos tarde. Él no se mostró enfadado, sino comprensivo. Incluso le noté cierto alivio. Creo que llegó a pensar que lo había dejado plantado. Como otras veces hice. Pero no, esta vez no. Estuvimos en una cafetería de su barrio, una que hace esquina y que pertenece a la típica cadena, de esas que escupen cientos de locales de un mismo molde, pero que tienen una carta decente. Nos pusimos al día, le expliqué el por qué de mis quemaduras, la historia de Mónica, mis planes de futuro. Una tarde muy agradable, la verdad. Claro que él también me contó sus penas. El tema de sus padres sigue como siempre. Ese tío es un cabronazo. Mira que querer dejarles en la calle.

Pero así son los padres a veces, que me lo digan a mí. Él ha terminado su carrera. Tenemos, en cierto sentido, vidas paralelas, aunque él sea algunos años mayor. Me resulta curioso. Me he dado cuenta de que, sobre todo, se ha dedicado a escucharme. Es lindo. Cuando le expliqué mi accidente, su cara habló por él. Su expresión, de preocupación sincera, de cálida comprensión, un abrazo en la distancia. Aproveché para cogerle la mano y llevarla hasta las quemaduras de mis muslos, mira toca, toca, ¿has visto?, y él decía ya veo, ya veo, tuvo que ser muy duro.

Su cara.

La cara de alguien que se alegra de saber que estás viva. La cara de alguien que sufre por no haber estado a tu lado en ese momento, la de alguien que no quiere que te pase absolutamente nada. La cara de alguien que valora tu existencia.

La de alguien que te..¿*quiere*?

Pero el momento crucial llegó al fumar -intento no fumar demasiado, pero es inevitable-. Cuando le pedí tabaco, le atrapé sonriendo por debajo de la nariz, una sonrisa que jugaba al escondite; se levantó de la silla y rebuscó en sus bolsillos. Sacó una pitillera. Una un poco gastada. Una pitillera común. O quizás no tanto.

Una pitillera de Marilyn Monroe. Con la imagen de la diva en blanco y negro. Me encanta.

Vaya grito pegué. Él sonrió, esta vez sin tapujos, casi como si sus expectativas se hubieran cumplido y estuviera feliz por ello.

Y me resulta curioso.

4. Un paseo en góndola

La Piazza San Marco se extiende ante mí y, con ella, siglos de historia. Pese al frío invierno, la luz del sol es incontestable y alumbra mi vista. Palomas blancas se arremolinan en torno a una señora que les sirve de aposento, encantada, mientras algunos niños miran la escena impresionados. Un vendedor ambulante ofrece réplicas de máscaras venecianas a diferentes precios según el tamaño. La Basílica de San Marco, medio tapada por las obras de restauración, aparece preciosa bajo esta luz, y, delante de ella, un campanario se alza como la torre más alta de la ciudad. Si me asomo, veo, al final, el gran canal lleno de góndolas románticas que se deslizan sobre aguas turbias pero llenas de esperanza. Yo lo observo todo junto a la mujer más bella del mundo.

Es nuestro tercer y último día aquí. Esta ciudad me ha atrapado. Sé que después de esta escapada mi vida ya no será igual. He descubierto en el mundo un rincón en el que podría huir de todos esos males de la vida moderna y que me ofrece un encanto distinto, una red de pescador hecha por trovadores. Cada paso que doy me enamoro más de ésta, y del regalo que ella contiene. Lorena.

Mis últimos días con Lorena. Caminar con ella de la mano por este paisaje atemporal, ajenos al ruido que tanto daño nos ha hecho, ajenos a las personas que tanto dolor nos causaron y a los problemas precocinados que de toda esta receta nacen. La veo sonreír. Y soy feliz. Es mi regalo. Cada manzana aquí es una isla que se conecta con las demás por pequeños puentes. Si todo cambia y finalmente lo nuestro perdura, será en uno de ellos dónde se lo pediré. Tengo muy claro en cuál.

Pero no quiero engañarme. Hoy sé que eso no sucederá. Hoy intentaré arreglar mi error, pero conociéndola, lo pagaré caro. No hay vuelta atrás, el juego de roles ya está en exceso definido. Pase lo que pase, ella amenaza con partir y no volver, y yo me rebajo hasta el absurdo. Pero es que ayer tuvo razón. ¿O no?

Ayer el día se inició como terminó el anterior. Enrarecido. Ella se despertó antes que yo, se duchó, y me dijo de mala gana que me esperaba en la mesa para el desayuno. Contesté con una expresión de descontento. Mal. Desayunamos en silencio en el pequeño y precioso comedor de un hotel de tres estrellas cerca de la Piazza San Marco. Los demás turistas que habitaban la sala, una pareja inglesa casi de tercera edad y otra pareja francesa de unos cuarenta años, charlaban felices y animados, disfrutando de la experiencia de conocer esta maravillosa ciudad flotante. Un par de asiáticos ingerían despacio y en silencio, pero se miraban cada pocos bocados para dedicarse un imperceptible gesto de aprobación. Ellos comían en technicolor, mientras Lorena y yo pertenecíamos a una película muda en blanco y negro. Entre plano y plano, en pantalla, los diálogos que nunca se oirán:

Yo: *¡Qué poco me gustó lo que hiciste ayer noche! ¡Cómo se te ocurre tratarme así!*

Lorena: *¡Te haré pagar tu cara de mal humor, te hago un regalo y así te comportas, estúpido malnacido!*

Pero ni nos miramos. Ni sonreímos, claro.

Salimos del desayuno y nos informaron en la recepción del hotel de que un taxi acuático nos llevará, si queremos, a una visita guiada a la fábrica de cristales de la isla de Murano. Sorprendidos, aceptamos encantados. Nos subimos al taxi, con ganas e ilusión, pero yo quería, necesitaba, demostrar mi descontento. Necesitaba oír de ella un "lo siento".

En el taxi, una lancha de madera con un pequeño balcón trasero, compartimos viaje con otra pareja. Vaya contraste. Mientras el otro par se alimentaba de arrumacos, nosotros desviábamos la mirada hacia lugares vírgenes de pasión. Salimos al balcón de la lancha, un espacio que daba opción al romanticismo sin lugar a dudas. Las vistas eran magníficas mientras dejábamos atrás el *Ponte Rialto* y, con él, Venecia, destruida por el paso del tiempo y bella a partes iguales. Anciana superviviente, lecho de pensadores y artistas, dormida sobre aguas de otro mundo. Blanca, gris, y sobre todo, agrietada. Esculpida y rota. Así veían mis ojos a Venecia. La visión perfecta para una fotografía. Lorena lo estaba deseando. Y yo lo sabía. Y por eso hice una foto.

Una foto sin ella, en la que solamente salía yo y, detrás, esa ciudad que albergó lo que pudo ser y nunca fue.

Ver cómo hacen cristales de Murano es algo espectacular. El maestro no hacía mucho caso del público, él iba a su ritmo, hablando sobre política (creo) con un compañero. Calentaba el cristal a temperaturas enormes transformándolo en un líquido espeso rojo y brillante, que dominaba a voluntad gracias a unos palos. Era como si hiciera malabares. En todo momento daba la sensación de improvisar las formas, no parecía tener un rumbo fijo. Movía esa pasta ardiente y le insuflaba aire creándole burbujas, que al agitar en el aire violentamente podían ensancharse, estrecharse, alargarse o acortarse. Un espectáculo realmente magnífico. La exposición de las figuras ya acabadas era sencillamente algo que hay que ver. Miles de obras de arte, llenas de color y trabajo artesanal. Animales, instrumentos musicales, collares, pendientes, centros de mesa, flores, lámparas, figuras y formas decorativas, y todo en diferentes tamaños. Nuestros ojos no podían pedir más. Quizás tan solo cruzarse en algún momento.

Tras la visita anduvimos por la isla de Murano, tremendamente pequeña. Casi una copia enana de Venencia, pero sin los monumentos y edificios históricos de ésta. La tensión se fue relajando a medida que paseábamos por esa pequeña isla, cuna del cristal más famoso del mundo. Durante unas horas el huracán pareció achicarse, no zarandeaba tanto la tempestad, y algunos lienzos de luz goteaban sobre nuestros rostros. Fue una tregua. Porque luego de esas horas, en las que nos detuvimos en cada tienda a admirar tanta belleza, mientras aprovechábamos el descuido del otro para comprarle un detalle, en las que comimos pequeñas delicias típicas del lugar, de esas que el paladar añora en el mismo momento en el que se despide de ellas sabedor de que pasará largo tiempo antes de volverlas a encontrar, después de algunos besos tiernos y falsas sonrisas, después de llegar al hotel, incluso después de tener algo de sexo, la noche volvió a caer y el monstruo volvió a levantarse de su sueño.

Fuimos a cenar, y fue bien. Comimos algo de pasta con salmón -delicioso- y una pequeña masa frita de sémola y maíz. El postre decidimos comprarlo en otro lugar que no fuera en el restaurante-trampa-para-guiris, y así dar un paseo digestivo. Tras compartir bocanadas de vapor húmedo, por cortesía del frío, y algunas estrechas y viejas calles que reflejaban en su suelo mojado la luz de las pocas farolas al más puro estilo cine noir, dimos con un puñetero Mcdonalds; sí, ni en Venecia puedes escapar de ellos.

Hay que reconocer que los postres en estos establecimientos son baratos y, pese a ser sabido por todos que es comida basura, a todos nos gustan. Y ahí, mientras hacíamos la cola para comprar un *Mchelado*, o como quiera que se llame, salió de una improvisada crisálida un terrible mal ante el que poco se puede hacer. Lorena llevaba un cuarto de hora imitando a la Chilindrina, ese personaje del *Chavo del Ocho* que todo el mundo adora excepto yo. Con voz cansada le pedí que parase su actuación. Un segundo más tarde, el mismo Wagner interpretaba con furia la *Cabalgata de las valkirias* desde el fondo de sus pupilas, mientras su rostro hacía presagiar el *Apocalypse now*. Con voz seca y poco humana me reprochó de repente cosas que no venían al caso y que nada tenían que ver. Me dio a entender que yo también la molestaba a menudo con mis bromas. Las bromas de las que ella, por lo visto falsamente, se descojona. Nos sentamos en la calle, yo temiendo lo peor, conocedor del terrible mal que habita en ella, y Lorena muda, impasible, con cara de tener ganas de mandarlo todo al carajo. Cuando hubo terminado su postre se levantó y echó a correr rápido, sin mirar atrás. Dobló la esquina en innumerables ocasiones, y se mantenía con paso ligero, a unos veinte metros de mí. Yo no le daba alcance por temor a lo que estaba por suceder.

Por temor a lo que acabó por suceder.

Se detuvo en un pequeño atracadero, cerca del centro de la ciudad y de nuestro hotel, donde decenas de góndolas descansaban medio tapadas esperando su jornada laboral del día siguiente. No tuve más remedio, le di alcance y fue quizás lo peor que pude haber hecho. "¿Por qué me sigues? No vengas conmigo". Y volvió a volar. Esta vez sí, sin posponerlo más, la atrapé para pedirle explicaciones y catalizar así una escena de lo más angustiosa. Me merezco a alguien que me escuche cuando le hablo, alguien que me trate bien, que me haga sentir querida, dijo. Merezco algo mejor.

Algo mejor.

A veinte metros de mí llegó al hotel, y una vez ahí no pudo ser más cruel: "mañana me levanto pronto, te doy tu billete y yo me largo de aquí. No volveremos a vernos". Su histrionismo una vez más en estado puro, provocando el fin de los días, personalizando la profecía maya en sus carnes, siendo la protagonista de un drama innecesario. Sucedieron unas dos horas de charla en las que ella gritó y gritó y *gritó* y maldijo nuestra relación, dos horas en las que se burló de mí, tal y como también había sucedido el día anterior. *Dejà vú.*

Una gran manera de solucionar los problemas, sí señor.

Su poco manejo de las emociones se hacía patente conforme transcurrían los minutos, pero también se intuía, a través de sus gestos y palabras, que quería que yo me arrodillase ante ella y buscara el indulto, que reconociera mi culpa. Y en realidad así lo hice, jugué a su juego, con sus normas, e incluso llegué a creer que tenía su parte de razón. El día no había sido especialmente bonito, y había sido culpa de mi actitud fría y distante. Otra cosa, claro, es que esa bomba de relojería, esas burlas y gritos, ese chantaje emocional (una vez más), fueran de recibo. Pero si alguna vez he merecido que Lorena me mandara a la mierda, desde luego que era ésta. ¿O tal vez no?

Por ridículo que parezca, la noche acabó en sexo y en una reconciliación que nos ha traído hasta aquí. Nuestro tercer y último día en Venecia.

Conseguir un paseo en góndola no es siempre fácil, están muy buscadas, aunque el principal escollo es que es carísimo. Pero en estos pocos días aquí hemos dado con la fórmula. Se trata de acercarse a los gondoleros, preguntarles un precio, intentar regatear, y finalmente rechazar la propuesta e irnos con cara de pena. Y alejarnos despacio. Porque en cuestión de medio minuto otro gondolero nos dará alcance y nos hará una rebaja mucho mejor. Es entonces cuando hay que aceptar.

Y aceptamos.

Diminutas imperfecciones, casi artificiales, de ese líquido del que emerge la vida, que nos transportan gráciles en nuestra pequeña embarcación. Una majestuosa góndola, de madera pintada de negro, como es tradición debido al luto que se profesa eternamente a los muertos por peste negra allá por el siglo XVI. Unos pequeños sillines tapizados de rojo terciopelo hacen de nuestra góndola algo lujoso y hermoso. En la proa vemos un adorno metálico con un nombre. Verónica. Así se llama nuestro barquito.

Verónica nos atrapa en su vientre, nos da calor, nos hace sentir bien. Nos mece, se convierte en una cuna acuática, en una píldora de relajación, en una sesión de terapia. En su materno útero, con el sonido de Italia de fondo, vemos las casas del famoso seductor Casanova, de Mariano Fortuny, un artista catalán que vivió aquí un tiempo, y de Jacopo Tintoretto, un pintor incomprendido del siglo XVI. Lorena mira las fachadas, de diferentes colores, mientras yo la miro a ella. Por supuesto que también admiro el paisaje, pero nunca la pierdo de vista. A ella.

Ella.

Me doy cuenta de que es imposible evitar el final. Si cosas como la de ayer la hacen tener esa actitud destructiva, ¿qué no hará cuando realmente tengamos un problema *serio*? Y yo no estoy a la altura de este reto. Pensé que podría estarlo, que queriéndola más que nadie sería suficiente, que dándole un hogar, una familia por pequeña que fuera, dándole calor, la curaría. Que amándola la sanaría.

Es culpa mía. Nunca debí caer en ese error. Su trastorno es más viral y visceral de lo que había esperado, y yo soy peor pareja de lo que mis sentimientos indican. Tengo mis errores, pero con Lorena no puedes tenerlos. No he sabido poner freno a su temperamento, no he hecho más que reforzar su ruptura con la realidad, dándole siempre la razón. Ella me hace daño, yo me alejo, ella se lo toma como falta de amor, desata el huracán, y nuevamente yo, como única salida, le masajeo el ego diciéndole que todo es culpa mía. Ella entonces se alza como la víctima, la persona a la que yo no sé tratar, o mejor, a la que trato mal. Recibo un ultimátum envuelto en gritos y faltas de respeto, yo bajo la cabeza y prometo que todo será mejor en el futuro.

Pero no hay futuro. No lo hay. Es imposible que dos personas no se discutan jamás, y es imposible *discutir* con ella. Con Lorena no puedes combatir, no puedes mostrarte contrario a ella. Puede que eso sea lo último que hagas. Pero ella no es culpable. Es víctima de su propia sensibilidad, y de una vida que convirtió su arte en enfermedad. Ahora me doy cuenta de que no podré ayudarla, y de que sus emociones, infectadas por completo, juegan en mi contra. Y en la suya. No podrá estar conmigo, puede que con nadie. Y me acabará odiando. Solamente queda disfrutar de los momentos que me quedan junto a ella, disfrutar de los pocos minutos al día en los que la maravillosa persona que hay más allá de su límite salga a saludarme y a compartir un beso, una sonrisa, o un recuerdo, o un plan de futuro que jamás se realizará. Y hasta que esté a mi lado tan solo me queda intentar seguir ayudándola, quemar las naves que puedan restar y morir en el intento si es necesario. Y todo sin decir una palabra, sin revelarle la verdad.

Ocultar la verdad siempre es complicado. Es una clase de mentira, y mentir, para mí, es horroroso. Y no lo digo por decir, si miento mi cerebro se comprime y crea un dolor agudo en la boca de mi estómago, palidezco, y mi mente, que es algo obsesiva, se dedica a torturarme. Lo mismo le pasaba a Mickey el gato. Mi madre me contó esta historia hace mucho, cuando yo era muy pequeño.

Mickey era un gato especial. Era gris, con cara de hombre viejo, de movimientos lentos y pesados. Precioso, pero con un aire antiguo que lo distinguía. Pertenecía a una familia de clase obrera, y practicaba devoción por la pequeña de la familia, Mimi. Ella era la hija menor, pese a que contaba ya veinte años. Su relación con Mickey era lo más importante para ella en el mundo, y su gato así lo entendía. Cuando Mimi estaba triste era Mickey quien la escuchaba, con aquella cara de anciano que transmitía paz y un delicado amor. Pero algo más les unía. Un secreto. Mickey, aunque gato y felino, aunque sus uñas fueran las propias de su raza, aunque sus patas traseras hubieran sido fuertes, aunque estuviera preparado para ello...Mickey tenía vértigo. Y eso era insólito en un gatito.

Mimi debía protegerle. Cada vez que Mickey necesitaba subir al sofá, o bajar de él; cuando quería subir a su cama para dormir a sus pies, sus pequeños pies. Siempre Mickey necesitaba de Mimi para hacer lo que cualquier gato haría con actitud altiva. A la joven no le importaba en absoluto ayudar a su amigo, de hecho estaba encantada. Era algo que la hacía sentir todavía más enamorada de su felino, el saber que él la necesitaba tanto. Pero a Mickey no le gustaba ver como Mimi sufría por él. Veía que le estaba entregando los mejores años de su vida sin hacer caso a la suya propia. Cada día Mimi estaba más pendiente de él y menos de ella misma. Su aspecto empezó a demacrarse, incluso a morderse las uñas, debido a la preocupación por su encantador gato gris. Su pelo inició la caída al vacío, y descuidó su relación con sus amigos y amigas. Y con su novio. Llego a tal punto en que a su chico únicamente le hablaba de Mickey, como cuando un fanático solamente saber hablar ya de su religión. Hoy no puedo quedar, estaré con Mickey, que tiene mala cara. Esa frase surgió como una constante, y claro, el chico se cansó. Y la dejó. Miriam cayó en la cuenta de su profundo error y se deshizo en lágrimas. Se lo contó todo a Mickey, pero esta vez la carita de anciano no fue suficiente.

El gato con vértigo decidió cambiar, ocuparse de sus propios males para salvar a su dueña, a su protectora, a su mejor amiga. Comenzó a fingir. Se decidió a subir solo a los lugares más altos, mira cómo lo hago, parecía que decían sus ojos. Pero se quería morir del mareo que tenía, se le erizaban las púas y el corazón le latía muy, muy fuerte. Mimi no estaba segura de que Mickey fuera sincero. Pero el gatito estaba decidido a ocultar sus miedos, a mostrarse valiente para que ella recuperase el control de su propia vida.

Sin embargo, Mickey tenía buen corazón y no pudo ocultar por mucho su engaño, pues la mentira es la cara bonita de la maldad, y pese a que éste hubiera sido de buena fe, cuando Mimi entendió lo que estaba pasando se sintió traicionada. ¿Por qué su amado gatito la engañaba? ¿Es que ya no la quería? Mickey, una vez descubierto, intentó hacer entender a la muchacha que la amaba, que había caído en un error por querer ayudarla. Pero Mimi, de creencias firmes y brutalmente cabezona, no veía más allá. Su gato la había engañado y eso era lo único que importaba. Así pues, y con todo merecimiento, se enfadó con él y no se mostró especialmente dispuesta a perdonarle. Mickey tuvo que vagar por una casa que ahora le parecía un campo de minas. El resto de la familia nunca le había caído bien. El hermano de Mimi era déspota con él, y el hijo de éste le parecía un crío pequeño con futuro de maltratador de animales profesional. Mal pintaban las cosas para Mickey. Y Mimi, viéndole sufrir, no hizo nada por él. El engaño le pesaba más que cualquier cosa en este mundo, pues como ya se ha dicho la mentira no es más que la cara bonita de la maldad.

Finalmente, Mickey se vio incapaz de superar la culpa que llenaba su interior, como la leche que rellena sin parar las ubres de las vacas. Sin nadie que ordeñarle, sus propios miedos habían acabado con él. Así fue que tomó una decisión, sí, una decisión que acabaría para siempre con su dolor y con el de Mimi.

Decidió enfrentar de una vez por todas a su miedo al vacío, a las alturas. Saltó desde el balcón, con la esperanza de que la leyenda de las siete vidas fuera real. Mientras caía, Mickey lo entendió todo. Un remolino intenso se apoderaba de él, mil hormigas le picoteaban los intestinos a medida que el suelo se le acercaba. Pero nada importaba.

Esa sensación, ese vértigo que ahora sentía ya no era tan importante, ni tan aterrador, en comparación con lo que había perdido. Había perdido a Mimi. Y eso sí que daba vértigo.

Su carita de viejo sonrió por última vez, de la manera más humana posible, antes de que el suelo se la acariciara.

Como Mickey, le oculto la verdad a Lorena porque creo que así le hago bien. Intento ayudarla desde la falsedad, desde la falsificación de la verdadera realidad que la envuelve. Y como a Mickey, lo que verdaderamente me da vértigo es perderla. Quizás saltar desde un balcón es una buena idea. Pero sería una idea más propia de Lorena. No puedo huir de la presión de mi garganta al pensar en todo esto, y siento miedo de que mi instinto lo verbalice en cualquier momento. Noto que empiezo a derrumbarme, como las migas que caen al cortar un trozo de pan. Sobre el mantel, mis ojos se humedecen como los ríos que surco en esta góndola, y sin más el llanto estalla. Busco refugio en mi pareja, busco su cálido regazo para apoyar mi cabeza. Lorena no se opone, y me acaricia el pelo. Lloro porque estoy jodido. Lloro porque sé que esto se acaba. Lloro porque sé que no puedo hacer nada para ayudarla. Lloro porque soy humano y tengo errores, pero parece ser que no aprendo de ellos. Lloro porque la amo tanto que no sé qué haré cuando la pierda. Y ella me mira desde arriba, sin miedo, acariciándome el pelo.

Y con cara triste, creo.

5. El beso

Hoy me ha besado por fin. Llego a mi casa aún embriagada por el roce de sus labios, como si un perfume exótico lleno de vida y verano se hubiera acorralado gratamente en mi boca, presa del frío invierno. Me estiro en mi cama, sonriendo, sin importarme que mis compañeras de piso ni me hayan mirado cuando me han visto entrar. Ahora sus ojos azules son lo único que me importa.

Siempre está ahí. Es tan tierno. Nos hemos encontrado en Plaça de Sants para tomar un café en un bar que hace esquina enfrente de la salida del metro de la línea azul. Hemos seguido poniéndonos al día, pero esta vez preocupándonos más por hacernos sonreír el uno al otro. Y nuestras manos se han rozado. Otra vez, pero en esta ocasión ha sido algo azaroso. Un arcoíris de chispas ha brotado entre nosotros, lo sé. Se ha sonrojado levemente.

Le reconozco su esfuerzo por querer agradarme y cuidarme. Me trata entre algodones. Siempre ha sido así, y he tardado años en darme cuenta. En valorarle. Pero ahora no quiero que se me escape, Dios, no quiero. Hemos paseado por el Carrer de Sants hasta llegar a Plaça Espanya. Ha sido paciente conmigo, me ha acompañado en mi tradición de pararme en cada tienda, en cada escaparate. Me he sentido bien acompañada, y sobre todo protegida. Es muy alto, más que yo, y eso ya es decir. Aunque sé que no tiene un cuerpo de gimnasio, la verdad es que parecemos dos modelos de revista. Altos y guapos.

Deseaba ese beso. Y él también. Al despedirnos en la

boca del metro, luego de dos besos en la mejilla, no se ha ido. Y yo tampoco. Le he sonreído, en claro gesto de "bésame ya, tonto". Pero todo ha sido tan rápido que casi se diría que me lo ha robado. Me ha robado un beso. Luego se ha disculpado. Lo siento, no he podido evitarlo, me ha dicho, y se ha ido a paso rápido, sin mirar atrás. Casi con vergüenza.

¡Qué lindo!

¡Como si nunca nos hubiéramos besado antes! Como si nunca hubiéramos follado. Y aún así, este beso ha sido distinto, diferente. Ha tenido sentimiento. Por fin he visto el sentimiento que hay dentro de él. Y quizás también dentro de mí.

Me hace pensar en mi primer beso en la boca. Yo era una niña recién ascendida a adolescente que lo pasaba muy mal en el instituto y él un vecino de mi edificio. Me sacaba unos cinco años, creo. Que se fijara en mí teniendo en cuenta que en el insti era una marginada y que todavía no poseía el atractivo que tengo hoy en día… Fue mi primer beso. En el ascensor, nada menos. Recuerdo sentir la gravedad cero. No fue únicamente mi primer beso, también fue mi primer novio. Duramos dos meses, hasta que decidí que lo mejor era separarnos. Nuestra rutina era la típica de pareja de principiantes y, además, nos teníamos que ver a escondidas para que no nos pillaran nuestras familias. Por suerte, él se quedaba solo algunos fines de semana y, como no, hicimos el amor. En silencio, por si las moscas, perdimos juntos eso que llaman virginidad. Fue doloroso para mí, la tenía grande, y su inexperiencia hizo que fuera demasiado rudo. Aún así, lo rememoro como algo bonito. Fue raro notar que con el paso de las semanas su trato hacia mí se volvía algo más distante. Sufrí mucho, tanto, que llegué a autolesionarme. Nada grave, solo para distraer mi atención del dolor mental. Fue en mi sufrimiento que empecé a sentirme atraída por muchos otros chicos. Aunque no me lié con nadie en mucho tiempo, la simple atracción por otros me acabó de distanciar de mi vecino. Él no lo encajó nada bien y luchó mucho por hacerme volver a su lado, hasta el punto de volverse cansino e incluso irritante. Le odié. Por suerte, un buen día me dejó en paz. Creo que ya se había tirado a otra.

El beso de hoy me ha hecho sentir así. Gravedad cero. Y excitada. No me doy cuenta pero ya son las tres de la mañana y no he hecho otra cosa que pensar en él y masturbarme repetidamente. Intentaré ser paciente. Pero si mañana sigo igual de *agilipollada* creo que le enviaré un mensaje para repetir ese beso.

Un beso dulce, tierno, y sediento. Sin gravedad.

6. Tito Manu

"El niño se sentó en el borde de una acera, algo sucia, y esperó. Su madre hablaba con un hombre trajeado, que lucía una corbata a rayas. Acababan de llegar y esa ciudad ya le hacía sospechar. Le picaba algo detrás de la oreja, y eso no era buen síntoma; era un don para predecir pequeños desastres, como una lluvia intensa, o un perro enfurecido al doblar la esquina. Siempre le picaba detrás de la oreja en esos momentos. Mientras se rascaba, vio como el hombre movía la cabezota en gesto de negación y su madre suspiraba, tensa, como asustada.

Le tembló el labio inferior.

Su madre no se despidió del hombre con traje, cogió al niño por la mano y lo levantó con fuerza, arrastrándole a un rápido caminar. Anduvieron casi una hora hasta llegar a un bar. El muchacho tuvo que volver a esperar en una acera, sucia también, mientras ella, la madre, su madre, hablaba con el hombre de detrás de la barra. Largo rato después, se le permitió entrar.

—Te presento a un viejo amigo, puedes considerarle tu nuevo tío. Tu *tito* Manu —dijo la madre mientras el niño permanecía mudo, a expensas de recibir más y mejor información que le permitiese calcular la gravedad de la situación—. Salúdale —y el niño meneó la cabeza.

—Hola, chaval. A partir de ahora vivirás aquí —hizo una pausa, y luego—: espero que podamos llevarnos bien. Tu mamá y tú compartiréis habitación. Dadme un segundo, y os la enseñaré.

El chaval observaba todo aquello como si no le estuviera

ocurriendo a él. No podía imaginarse viviendo en la trastienda de un bar de mala muerte como aquel. Él no pertenecía a edificios grandes, ni a innumerables bloques de pisos; él no entendía el ruido de los coches, las luces de los semáforos. No entendía a los hombres con traje, ni tampoco las aceras ennegrecidas por la mugre. Por otro lado, ese hombre no le parecía un mal tipo. Tito Manu era bajito, pero de complexión atlética. De piel seca y de un color entre moreno y rojizo, llevaba su castaño pelo casi por los hombros, sin peinar, dejando que todas sus ondulaciones se mezclaran, a veces, en nudos complicados. Tenía los ojos verdes y un simpático acento sureño que le hacía sentirse un poco como en casa. Se fijó en sus botas. Era como esas que se veían en algunas pelis del oeste, botas de cowboy. De hecho, ahora que se fijaba bien, el tipo parecía un cowboy. Un cowboy que regentaba un bar de Barcelona.

Tito Manu les llevó por un oscuro pasillo que se hallaba detrás de la cocina del bar, y dieron a parar a un comedor sorprendentemente grande. Al pasar éste, llegaron a otro pasillo que desembocaba en un lavabo, y a su derecha una escalera. Subieron por ella para descubrir un rellano que distribuía dos habitaciones y una especie de trastero.

—Viviréis aquí.

Lo cierto es que la vida en ese trastero no era mala. Comían bien, tenían ducha, y la rutina barcelonesa no era tan asfixiante. Su madre, aunque embarazada, fregaba y limpiaba el bar, incluidos los vómitos de algunos borrachos que frecuentaban el antro. Pero no parecía importarle, es más, parecía contenta. Algunas noches incluso pasaba horas en la habitación de Tito Manu, riendo con él, o algo parecido. Por las mañanas era la primera en despertar, preparaba el desayuno para todos, disponía las mesas y las sillas, les sacaba algo de brillo, y despertaba a su hijo y a su amigo. Tito Manu entonces recibía, a primera hora de la mañana, los pedidos típicos de su negocio. Y ya todo estaba listo para un día más. Claro está, la hora punta era la del almuerzo. Entre la una y las tres de la tarde, su bar estaba lleno. A partir de las cinco ya solamente quedaba el grupo de jubilados borrachos que poco o nada tenían que hacer más que estar allí.

Pasaron los meses sin darse cuenta de ello, y la madre del chico por fin dio luz a la nueva forma de vida que llevaba en su vientre. Ese estigma que la obligó a variar su hoja de ruta, pero al que sin embargo no podía despreciar en ese momento. Fueron momentos casi felices. Y se diría que no fue un mal lugar, ni tuvo la mujer mala compañía en esos primeros años de su hija. Lástima que haya costumbres casi genéticas, puros actos de maldad que se confunden con el deber de un hombre sobre una mujer.

Un sábado noche, tito Manu llegó borracho. Empezó a gritar cosas incoherentes, primero referentes a la Guerra Civil Española, y después sobre todas las mujeres con las que se había acostado, y parecían ser muchas.

—¿Qué está pasando? —dijo la madre del niño, que había bajado al comedor —¿Acaso no sabes qué hora es?

—Vaya, no sabía que ahora la chacha me controlaba. ¿Te apetece quitarme el polvo, chacha?

—Manu, por favor, ahora no...

—Vamos —dijo éste juntando su pelvis contra la cintura de la mujer—, hoy estoy especialmente animado...

—Creo que deberías irte a dormir —dijo la voz del niño, asombrosamente madura para su edad. Había bajado las escaleras en un instinto de protección.

No lo vio venir. El mundo giraba sin él sentir dolor, mientras un líquido caliente le bajaba por los ojos. El ruido lo escuchó seguidamente después. Escuchó cómo se abría su cabeza.

Su propia cabeza.

Y luego los gritos de su madre, insultando a tito Manu, ése hombre que tan bien les había tratado, con el que llevaban conviviendo casi dos años sin muchos problemas, y con el que tenía una relación familiar.

Ése hombre le había partido la cabeza. Y el mundo se volvió negro y dulce.

Cuando recobró el conocimiento escuchó golpes secos y rítmicos. Un amargo olor a alcohol y fritura le subió hasta la nariz, que, a decir verdad, estaba pegada al suelo sobre un manto de sangre seca. Le volvía a picar detrás de la oreja. Todo le daba vueltas, pero ese ruido, esos golpes rítmicos, estaban ahí. Y de repente, entre esos golpes cada vez más rápidos y más intensos, el lloriqueo de su madre:

—Por favor, para ya, no quiero... —lloraba.

—Si no me quitas el polvo te lo quitaré yo a ti, ¡puta!

Con mucho esfuerzo, el chaval se levantó del suelo. Tito Manu, borracho, y demasiado ocupado violando a su madre, no le vio. El chico se dirigió a la cocina y cogió un cuchillo. Uno largo. Volvió al comedor, donde su tío postizo estaba follándose a su madre de forma cada vez más violenta y dolorosa.

Y se lo clavó. En la espalda. Sintió mucho dolor pese a estar borracho. Se revolcó por el suelo, liberando a la mujer, que se abrazó a su hijo, llorando. Tito Manu se desangraba por el piso, pidiendo ayuda, y acabó por perder el conocimiento.

El borracho violador despertó en su cama, con un paño caliente sobre la frente. Seguía vivo, dio las gracias al cielo al sentir que la estocada no le había dañado de forma mortal. Levantó la vista. La mujer que le cuidaba era la misma a la que había estado forzando. En el resquicio de la puerta advirtió la presencia del niño, que llevaba, en sus manos, un cuchillo. Uno largo.

Después de todo aquello, madre e hijos se mudaron. Tito Manu, avergonzado, arrepentido, y también horrorizado por la imagen del niño empuñando esa afilada hoja, no puso objeción alguna, y les dio dinero suficiente para una semana de hostal".

7. Feliz

Por supuesto que le envié el mensaje. Y nos vimos de nuevo en Plaça de Sants, y esta vez sí, más decidido, me agarró fuerte del pelo para inclinar mi cabeza y besarme con ganas. Luego nuestras manos se encontraron para entrelazarse y hacernos pasear en perfecta sintonía.

Algo ha empezado, como un Big Bang que pare un nuevo universo. La explosión se expande rápidamente, y la materia resultante se agrupa en tremendos planetas de color carmesí. Éstos giran, y atraídos los unos por los otros, describen órbitas celestiales que se antojan coreografías hermosas desde una perspectiva galáctica. No pienso poner freno a este amor.

Fuimos a cenar a la *Pizzería Comtal,* un restaurante de su barrio realmente bonito, cómodo, con asientos aterciopelados, de ambiente tranquilo, decorado con retratos de actores de cine clásico. Cenamos pizzas de gambas con queso roquefort bajo la atenta mirada de James Dean, Audrey Hepburn, y mi diva Monroe. Más allá de nuestra zona se imponen con clase los Charlton Heston, Paul Newman, Orson Welles, Groucho Marx...Creo reconocer también a Fred Astaire, pero no estoy segura. Mientras cenábamos nuestros ojos brillaban bajo la luz de un nuevo futuro juntos. Un futuro que empezó a hilvanarse cuando me propuso dormir con él.

Me resultó complicado desnudarme ante su mirada, y dejar al aire mis cicatrices. Ese maldito accidente aún sigue ahí. Me dijo que no le importaba, y me piropeó hasta la extenuación. Me demostró con cada palabra, cada caricia, su imperioso deseo de poseerme. Poco a poco, mi muro fue derrumbándose hasta dejar paso al placer de los sentimientos y sus manifestaciones físicas. No fue, para ser sincera, algo espectacular a nivel sexual. Con su madre durmiendo en la habitación de al lado, y con nuestras respectivas vergüenzas, poco más podía hacerse. Pero hubo algo incandescente entre esos dos cuerpos sin ropa.

Esta mañana me desperté y me encontré sola en su habitación. Pensé que se había ido, que me había abandonado, como el típico que conoces una noche en cualquier bar y se marcha sin que te enteres y sin saber su verdadero nombre. Qué tonta. Estaba en su casa, así que eso no podía suceder. Se abrió la puerta y apareció con una bandeja en las manos. Un perfecto desayuno. Café, tostadas, magdalenas, mantequilla, mermelada de fresa, y besos. Muchos besos.

Y felicidad. Mucha felicidad.

Ahora ya es de noche. Estoy de vuelta en casa, en mi cama, esperando que suene el teléfono. Esperando que me dé señales de vida. Esperando que calme lo mucho que ya le echo de menos. Pero no suena. No pasa nada, hemos desayunado juntos esta mañana. Todo va bien.

Todo va bien.

Doy vueltas en las sábanas. Respiro profundamente. Morfeo, ¿dónde estás cuando te necesito? Decido que mejor enciendo el ordenador y veo alguna serie. Dos capítulos más tarde, y ya son las dos de la mañana, sigo sin sueño y empiezo a notar una sensación extraña en mi interior.

¿Quién eres?

Hola Lorena, soy yo.

¿Quién?

El vacío.

¿El vacío?

Tu vacío.

¿Mi vacío?

Tu vacío eres tú.

Pero el vacío me da miedo. No quiero estar sola con el vacío.

¿No quieres estar sola contigo misma?

No, no quiero.

¿Qué quieres?

Salgo disparada a la cocina. Cojo todo lo que puedo: pan, queso, jamón, y chocolate. Me lo llevo rápidamente a la habitación. ¿Por qué no me escribes? ¿Estás durmiendo? Introduzco el pan con el queso, con el jamón ya en la boca. ¿Qué estarás haciendo? Trago.

¿Sientes lo mismo? Trago.

¿Sientes lo que yo? Trago.

Trago.

Mi corazón late fuerte. Devoro el chocolate. Respiro. Trago y respiro. El vacío se siente menos. Disminuye el miedo. Voy recuperando el control. Estoy llena. Me duele el estómago pero estoy segura. Estoy a salvo.

Seguro que mañana me llama.

Estoy a salvo.

Seguro que se ha dormido pensando en mí.

Estoy llena.

Seguro que sueña conmigo.

Estoy a salvo.

Tengo ganas de vomitar pero estoy a salvo.

Estoy en paz.

8. Fray Jesús

"No fue fácil. Encontrar un trabajo y un hogar en una ciudad que resultaba un poco hostil para aquellos que poco tenían que aportar. Barcelona estaba creciendo y se les quedaba demasiado grande. Por ello, la mujer decidió ir en busca del hombre del traje, y largo rato le suplicó ayuda. Finalmente, el hombre con traje le dio un papel en el que algo había escrito.

La dirección del papel estaba muy próxima al *Arc de Triomf.* Llegaron así a la puerta de un convento. Pasaron a través de la enorme puerta principal, recorrieron un silencioso pasillo que se abría en un patio cuadrado, con algunas plantas. Algunos curas se paseaban en silencio, sin ni siquiera mirarse entre ellos. La mujer, con pocas luces y menos vergüenza, interrumpió la meditación de uno de ellos para preguntarle por un hombre. Un hombre de Dios. Su nombre era Fray Jesús.

Fray Jesús era la bondad pura. Pequeño, delgado, de apariencia estéril y desintoxicada de los problemas convencionales que siempre habían azotado al mundo. Su mente parecía estar, sencillamente, en paz. Vestido de blanco, recibió a aquellos tres extraños, les dio de comer, les dio asilo mientras les buscaba hogar, y le ofreció empleo a la mujer. Al niño le dio algunas clases sobre la verdadera Palabra, pero él no escuchaba demasiado. La niña sencillamente era demasiado pequeña. Su madre ahora limpiaba las ropas de los curas que allí habitaban, ponía la mesa a la hora de comer, la recogía y limpiaba los platos. Fregaba las escaleras, el patio, y también la sacristía. Y aprovechaba para encender alguna vela de algún santo.

Al poco tiempo, Fray Jesús por fin les consiguió un hogar. Una pequeña habitación en el pisazo de unos señores adinerados, a cambio de los servicios de la mujer. Servicios de limpieza y cocina, claro. Así lo hicieron. El piso se encontraba en la calle Balmes, tocando con Diagonal. La familia con la que compartirían su vida estaba formada por cuatro miembros. Alejandro, el patriarca del hogar, un hombre delgado y alto, con un frondoso bigote, silencioso y buen abogado. Sofía, la mujer de éste, buena esposa. Y las dos hijas, dos gemelas de pelo rubio y piernas largas.

La vida allí era buena pero incómoda. No tenían contacto alguno con la familia, excepto para recibir órdenes o indicaciones. Nada más. Tenían su propio lavabo, y lo hacían todo aparte. Vivieron juntos seis meses, pero se diría que nunca llegaron a conocerse.

¿Por qué solamente seis meses?

Pues porque el niño cometió un error. O mejor dicho, se dejó llevar por algo que acabó siendo un error. Estaba él una tarde merendando en su habitación, cuando escuchó un ruido. Qué extraño, pensó. Esa familia era muy silenciosa y ahora le parecía oír a una de las hijas haciendo algo de escándalo. Salió de su pequeña morada para inspeccionar. Alejandro estaba en el trabajo, Sofía había salido con unas amigas, y su madre había partido a hacer la compra con su hermana. Estaba solo con las dos chicas. Al pasar por el comedor, vio a una de ellas dormida en el sofá, quejándose a veces en sueños, seguramente por el ruido, cada vez mayor, que hacía su hermana gemela.

Se detuvo detrás de la puerta de la chica. Lo que oía eran

gemidos, casi gritos, de placer. Curioso, no pudo contenerse. Abrió la puerta con cuidado. La chica no se inmutó, y siguió a lo suyo. El se acercó, poco a poco, mientras ella le miraba fijamente a los ojos como ninguna otra persona le había mirado hasta entonces. Se sintió magnéticamente atraído hacia esa escena, para él, extraña, nueva, y excitante.

—Ven. Acércate, no pasa...*uff*...nada...

—¿Qué estás...? —pero no le dio tiempo a formular la pregunta completa. Ella ya le había cogido su mano, y la dirigía hacia su foco de placer.

—Así, yo te enseño —dijo ella sonriendo.

—Qué mojado está. ¿Es pipí?

—No, tonto —respondió la chica, divertida—. Ya verás, lámelo.

Entregó su lengua durante mucho rato y, aunque inexperta, fue suficiente para que la chica se deshiciera en gritos y más gritos. Gritos que impidieron escuchar cómo su padre entraba en la habitación. Alejandro, silencioso y buen abogado, echó de casa al niño y a su madre. Su moral había quedado destrozada.

Y no fue la última víctima del chaval.

Éste desarrolló especial gusto por las mujeres y por según qué tipo de actividades. Cada vez tardaban menos tiempo en echarles, y cada vez era más difícil encontrar hogar puesto que entre la burguesía corría la voz.

En una ocasión, el niño, que cada vez era menos niño, tiró a la mascota de la familia que les había acogido por la ventana. Y la verdad, un ático barcelonés es suficiente altura. Tantas fueron las quejas de niñas decentes que se vieron "obligadas" a practicar juegos perversos con el chico, tantas fueron las veces que sus manos fueron a parar debajo de las faldas de las crías bien estantes, que finalmente no había en Barcelona nadie que les quisiera como inquilinos. Y aunque así fuese, ya se sabía lo que iba a pasar y todo volvería a empezar. Hubo que tomar una decisión.

Fray Jesús le recomendó a la madre internar a los niños en Mundet, y a ella que se instalara en el convento definitivamente. Así lo hicieron. Los dos niños, prisioneros en un colegio cristiano. Y ella, más tranquila, encendía una vela cada día en la sacristía pidiéndole al Santo que le cayera del cielo un hombre de verdad."

9. Tres semanas

Tres semanas maravillosas las que he vivido ya a su lado. Nos vemos casi todos los días. Ya no hace falta decirlo, sabemos que nos veremos mañana. Y nos besamos con tan solo vernos a lo lejos. Nos acariciamos con tan solo mirarnos. Nos queremos con tan solo tres semanas.

El momento está próximo. Si esto sigue así necesitaré formalizar lo que está sucediendo. Es mío, solamente mío, y de nadie más. Es cierto que he flirteado con otros durante este periodo, pero, como aún no somos pareja oficial, está dentro de las normas. Además, tampoco he hecho gran cosa. Nada de lo que deba arrepentirme, puesto que cada paso dado me ha acercado suavemente hasta aquí. Hasta este momento. El momento en el que me doy cuenta de que la vorágine del amor y el deseo me han atrapado. Y tengo miedo de que él no sienta lo mismo.

Enredaderas llenas de flores multicolores suben por mis piernas, arañándolas. Las cicatrices que me quedarán serán la marca del destino, una marca en forma de pétalo. El dolor se mezclará con la superstición, como el borracho que se mezcla con el ron. Mis manos ansiarán la libertad perdida, pero el embriagador efecto de la sensual planta terminará por convencerlas. Un ligero veneno intentará pasar desapercibido por las defensas de mi piel para llegar a la sangre y arremeter contra mí. Desnuda, atada, excitada, con mis pechos duros y mis labios rojos y mojados, la maldita planta intentará llegar al lugar que le está reservado solamente a él. No quiero que nada de esto suceda, lucho contra mi ventura, pero cuanta más resistencia opongo, más se despiertan mis instintos. Y entonces le veo. Aparece de la nada, con su sonrisa de niño pequeño, con sus ojos de cristal. Acaricia a la enredadera, domándola, hasta que se aparta. Me mira con compasión, observa mi cuerpo maltrecho por las afiladas flores venenosas. Pronto se separa en dos, como si de dos hermanos gemelos se tratara. Pero yo sé, yo siento, que son la misma persona. Uno de ellos me mira con disgusto, y se marcha sin mirar atrás, dolido, engañado. El otro, sin embargo, se queda para lamer mis heridas y succionar el veneno. Yo le amo y me felicito por este momento, a caballo entre el placer y la calma de entender que no me abandona. Pero la felicidad no es completa, puesto que mi cabeza está muy pendiente de ese otro él que se marchó, y que ya no volverá.

He tenido este sueño cuatro veces esta semana. Yo no tengo estudios en psicología, como mi chico, pero creo que no hay que ser un erudito para interpretarlo. Creo que, básicamente, lo que me dice mi subconsciente es que mis instintos están ahí, y que tarde o temprano aflorarán. Me dice que puede que meta la pata, y que entonces se abrirá una disyuntiva, entre el chico que me quiere y me cuida, y entre el chico que se sentirá dolido por lo que habrá de pasar. Sueño con esto porque estoy aterrorizada, la idea de perderle por un fallo mío me sobrevuela el corazón constantemente. No obstante, tengo una facilidad tremenda para ocultar mis miedos y parecer una chica elegante, segura, y fuerte. No quiero que se percate, prefiero seguir en esta posición dominante, en la que él se lo trabaja a cada momento.

Decido salir a dar un paseo, tal vez así me despeje la

cabeza. La playa de la Mar Bella es un buen sitio en el que dejar la mente en blanco. Escucho las olas del mar mientras el viento me atropella la cara y las manos. Hay poca gente, muy poca. Normal, en esta época del año, un jueves cualquiera a las cuatro de la tarde. El mar sigue a lo suyo. No le importa tener pocas visitas. No le afecta a su autoestima. Parecen enfadados, mar y viento. En constante diálogo, elevan el tono de su voz. Un tímido rayo de luz me alcanza. El Sol asoma entre dos nubes, pero le barren el paso en segundos. Siento que pertenezco a esta postal, observadora imparcial del inminente divorcio entre aire y mar. La sangre de la batalla huele a sal. Pero no estoy sola. Un ladrido me saca de mi película. Es un *golden retriever*. Diría que es macho, pero no estoy segura. Lo tengo a unos cincuenta metros de distancia. Veo a su humano, un chico de pelo alborotado, unos diez metros detrás de él. El chico le grita algo a su perro, pero el viento se lleva sus palabras en dirección al mar, iracundo. Devuelvo la mirada donde importa. Al azul pardo y gris del mar en estado de erección. Casi puedo verle las venas. Ya no sé si están enfadados, o si están follando. Lo que sí sé es que este viento ya empieza a calarse en mi cuerpo, así que decido moverme. Pero una voz me detiene.

Una voz que me pregunta que qué tal, que a dónde voy. Esta vez el aire sí me trae la voz del chico de pelo alborotado. Es una voz suave y con acento sudamericano, argentino creo, y me gusta. Me gusta mucho. Tiene su mirada clavada en mí, y ahora que le tengo cerca, veo que sus ojos son de un azul pardo y gris. ¿Estará él también en estado de de erección?

Tengo la oportunidad de descubrirlo por mí misma. Me apetece descubrirlo por mí misma. Cierro los ojos por un momento y lanzo una moneda dentro de mi cabeza. Cara o cruz. Mientras la moneda gira en el aire, pienso en estas tres semanas maravillosas. Me siento en una montaña rusa. Un miedo increíble se apodera de mí. Se me corta la respiración. Sé que soy su princesa, y él un campesino con aire de trovador y corazón de héroe. Debe salvarme, es su cometido. Su destino.

Pero ahora mismo él no está aquí, ¿no? Él debería estar aquí. La moneda cae, con todo su peso en mi conciencia, y el resultado es claro.

10.Algo normal

"Compartía habitación con un par de docenas de chicos más. Se disponían en literas, y estaban en un pabellón separado del de las chicas. Era un internado mixto, para chicos y chicas, pero se encontraban segregados por género. Así que en realidad eran dos internados: uno para ellos y otro para ellas, que se encontraban muy juntos y bajo el mismo nombre. Solamente aquellos niños y niñas que tuvieran parentesco podían verse una vez al mes, en un patio pequeño destinado a ese tipo de encuentros. No sabía apenas nada de su hermana, y pronto se dio cuenta de que ahí dentro imperaba la ley de la selva. Sus emociones, ya de por sí deterioradas, empezaron a evaporarse, lentamente, como el vaho que sale de tu boca cuando hace frío.

Son muchas las historias que ahí dentro ocurrieron, pero tan solo unas pocas te voy a contar ahora, y de forma breve. Por ejemplo, el primer día de clase, el niño, que ya no era tan niño, le sacó dos dientes de un mazazo a un compañero que había dicho algo feo sobre su madre. Se hizo respetar. Pero también se ganó un castigo: muchos azotes y una semana entera a pan duro. En el decurso de esa semana, el mismo pesado que había hecho el desafortunado comentario pensó en quitarle la hogaza de pan, creyendo que el otro no reaccionaría por miedo a un nuevo castigo. Se equivocó. En cuanto vio que su único alimento se alejaba de su plato, no lo dudó un instante y clavó su tenedor, con toda la potencia que pudo, en la mano de su némesis. Esta vez sí que le respetarían. Le destrozó algunos tendones y le partió algunos pequeños huesecillos. El pesado casi pierde la mano.

El nuevo castigo fue terrible, pero no tanto como cabía esperar. Dos semanas más a pan duro, dos meses sin visitas familiares, y más azotes.

Las peleas en el día a día eran recurrentes ahí, y debía ser curioso observar los lazos que establecían los muchachos, formando grupos, obteniendo roles y jerarquías. Las clases eran tradicionales, magistrales, aburridas, católicas, y muy severas. El peor profesor de todos, un cura llamado Alfonso, tenía la mano más larga que una pértiga. Cuentan que muchas veces pegaba a los alumnos, incluso cuando contestaban bien para que contestaran mejor, lo cual no solía suceder. Alfonso era amigo de Fray Jesús y, por petición de éste, se mantenía atento a las actividades del muchacho. Y fue Alfonso quien le comunicó que su madre había intentado suicidarse.

Por lo visto, la mujer se había cansado de su descontento. Estaba repleta de insatisfacciones, y aunque más tranquila desde que sus hijos pasaron a formar parte del internado, su soledad, y lo acontecido en los últimos años de su vida, acabaron por vencerla. Se cortó las venas y se tiró a una piscina pública. Ahora se encontraba en el Hospital de Vall d'Hebron, el más cercano al lugar en el que todo sucedió. Fray Jesús hizo las gestiones pertinentes para sacar al muchacho del internado por unas horas, con el fin de que pudiera visitar a su madre. Pensó que quizás ver a su hijo le devolvería las ganas de vivir a aquella mujer. A la hija, en cambio, decidió no decirle nada, por precaución. Se sabía en aquellos tiempos que las mujeres eran más débiles emocionalmente y además la consideraba muy pequeña para afrontar tal situación.

—Hola mamá —ella le miró de soslayo, pero sus ojos no parecían verle realmente—. ¿Qué ha pasado mamá? ¿Por qué has hecho esto? —algunas lágrimas empezaron a brotar de sus ojos, ante la imagen de su madre moribunda—. ¿Es que no nos quieres? ¿Pretendías abandonarnos?

No obtuvo respuesta. Su madre permanecía inmóvil, mirándole de reojo. Y dónde antes creía ver el vacío, ahora al chaval le pareció ver un atisbo de odio.

Los días eran más lentos, y las noticias sobre su madre, pocas. Su hermana menor todavía no sabía nada. Creía que tal vez sus compañeros le mirarían de forma extraña, que le tratarían como a un apestado si se corría la voz, que dirían que su madre estaba loca. Pero nadie dijo nada, y Alfonso, además, le trataba con diferencia mejor que al resto. Fray Jesús fue a verle varios días, para mostrarle su apoyo de manera personal. Se sintió respaldado, pero no halló la calma en ningún momento.

Un día, el cura Alfonso le hizo ir con él a una pequeña capilla, separada de los pabellones de los críos. Probablemente esa capilla era solamente para los profesores.

—¿Crees en Dios, niño?

—No lo sé.

—Si no lo sabes es que no crees en él. Dios es amor. Y cuando el amor está dentro de ti, simplemente lo sabes.

—No sé que es el amor, así que no puedo saber qué es Dios —respondió el chico hábilmente—. Pero creo en los espíritus. Creo que las personas vamos al cielo o al infierno, y creo que algunas se quedan aquí -concluyó, sintiéndose inteligente.

—Bien, si contemplas la existencia más allá de la muerte, acabarás entendiendo que eso es porque dentro de ti existe la fe. Y esa fe hará que algún día sientas la mano de Dios -dijo esto último poniendo la suya en el hombro del chico—. Yo podría mostrártelo.

—Entiendo —dijo no muy convencido, y en algún lugar detrás de la oreja empezó a sentir un picor.

—Verás, Dios nos pide que nos amemos los unos a los otros, ¿sabes?

Todo sucedió muy rápido. Pero el cura Alfonso le dijo que se tranquilizara, que aquello, al fin y al cabo, era algo normal."

11. "Te quiero"

Me he sentido idiota al pronunciar estas palabras. Sé que han surgido demasiado pronto, pero es que no puedo -ni quiero- evitarlo. Es todo cuanto deseo. Le tengo encima, lamiéndome mis heridas. Literalmente. Y me encanta. Me cuida como la madre cuida de sus crías, como la abuela que cuida del nieto, como el soldado que cuida de otro soldado. Me adora. Y no puedo rechazar algo así, lo que quiero es fundirme con ello.

Se ha quedado algo paralizado al escuchar mis palabras. Supongo que para él tampoco es fácil, también ha sufrido mucho por amor. Y pese a que se me entrega en cuerpo y alma, sus palabras siempre resultan prudentes. Es mejor así. Sin embargo, yo me he desatado. El maremoto es incontrolable y necesito ya otras cosas. *¿Qué sientes por mí?*, me ha preguntado. Por su reacción, deduzco que no esperaba una respuesta tan contundente. Yo no esperaba ver algo de miedo en su rostro, y de ahí que me sienta algo idiota. ¿Para qué me pregunta por mis sentimientos si no puede mostrarse a la altura de los mismos? Me ha avergonzado…ahora él sabe lo que siento y podrá jugar conmigo. No, él no haría algo así… pero, ¿y si sí lo hace? Tiemblo con el frío que sube por mis pies, recorriendo mis piernas mientras se transforma en algo mucho peor, para instalarse en mi estómago. Me siento abandonada, no me quiere, no me corresponde…¡y le odio por ello!

La vida es una partida de ajedrez. Tú decides que figura quieres ser. Los hay que son de carácter rocoso, tosco, y se mueven siempre en línea recta, destrozando lo que pillan a su paso. Son las torres. Hay personas, sin embargo, que cogen siempre atajos en diagonal, y se mantienen siempre que pueden cerca de sus superiores, haciendo ver que les protegen. Alfiles, claro. Otros en cambio manejan muchas opciones, saltan por encima de los demás y es difícil prever su próximo movimiento. A veces pueden parecer inútiles, pero los que eligen ser caballos acaban triunfando. La mayoría de las personas no pasan de simples peones. En primera fila, haciendo el trabajo sucio de los que tuvieron el coraje de ser una pieza más importante del tablero. Pero hay que ser valiente para ello, y es una actitud que está desapareciendo de nuestro mundo. Los peones son necesarios, pero a mí me parecen aburridos. No podría salir con un peón. Una reina como yo, jamás podría. Mis movimientos son libres, rápidos, en cualquier dirección y contra cualquier oponente. Amenazo en las distancias largas, y soy letal en las cortas. Todos me temen, pero todos querrían dormir conmigo. Mi chico es el rey. Así le veo yo, claro, pero como todo rey tiene un defecto. Solamente se mueve paso a paso, no arriesga. Se sabe proteger por los suyos, todos le adoran. Sus amigos le son fieles, sabe mirar a derecha, a izquierda, cubrir su retaguardia, mirar al futuro. Pero solo dando pequeños movimientos. Deja que otros se manchen las manos. Es inteligente, es valioso. Pero un poco cobarde, o quizás simplemente demasiado precavido. Demasiado para mí gusto. Ambos realizamos movimientos, intentando sobrevivir sobre el tablero bicolor. A veces caemos en casillas oscuras, otras nos muestran la luz del camino correcto. Pero yo arriesgo y él no. Y cuando me distancio de él tan solo espero una cosa: que si pertenecemos a colores distintos no nos demos cuenta demasiado tarde.

12. Volver a nacer

"Finalmente su madre se recuperó. Fue una buena noticia. Después de casi un año, los médicos afirmaron que ya no había rastro de la inestabilidad emocional que le había provocado aquel episodio en apariencia transitorio.

Había sido un año duro. Se vio completamente solo, sus pocos amigos huyeron de él y sus enemigos también. Alfonso hacía notar que él era su favorito y eso creó el rechazo de los demás, aunque no de forma especialmente explícita. Sus notas mejoraron bastante, sin llegar a ser brillantes. Y sus visitas obligadas a la capilla de los maestros eran cada vez más frecuentes.

Ya no era un niño. Tampoco un hombre, pero definitivamente no era un niño. Y en su mente tomó forma la idea de que todo aquello, y otras tantas cosas, no eran algo tan normal. Decidió tomar unas vacaciones. Se fijó en que algunos de los chicos de su edad padecían apendicitis, una dolencia común. Requería de cirugía, y la recuperación le daría una semana sin clases. Una semana, tal vez más, sin ir a la capilla a conocer la mano de Dios.

Fingió el dolor. Se tomó un par de días para decir que sentía algunas molestias, para finalmente, con mucha teatralidad, tirarse al suelo del comedor gritando que no podía más. Le llevaron rápidamente a la enfermería, donde después de un presuroso reconocimiento le diagnosticaron la más que segura apendicitis. Le operaron en el hospital más cercano, y tuvo miedo cuando vio todos los instrumentos que usarían para rajarle. Pero prefería eso a lo otro.

Gracias a la anestesia no sintió dolor. Al menos no durante la intervención. El postoperatorio ya fue otra cosa. Nunca entendió porque los médicos no descubrieron la mentira al abrirle, pensó que tal vez estaban tan acostumbrados a hacer aquella operación que probablemente la realizaban con los ojos cerrados.

Durante sus días de reposo maquinó la forma de salir de ahí, de huir del cura Alfonso. De huir del amor de Dios. ¿Pero cómo detener a la misma mano del Todopoderoso? ¿Cómo huir de su tacto, de su caricia, de su fálica forma? Meditó entonces que la única solución posible era cortándola. O, mejor todavía, ejecutar una amenaza seria y consistente de que así sucedería. Así pues, en la siguiente ocasión que tuvo, al cabo de la semana de su recuperación, cuando ésta volvió a tenderse hacia él en la maldita capilla, la estrujó con sus manos, la mordió con sus dientes, lo suficiente como para hacerla sangrar, y mirando directamente a los ojos de aquel que le quería enseñar el Reino de Dios, dijo:

—Si vuelves a tocarme te la arrancaré de verdad, y la llevaré al lugar más alto de este Reino de Dios para que todo el mundo la vea y sepa quién eres en realidad. No sé si me explico.

No solamente se había explicado bien y aquello no volvió a suceder, sino que fue expulsado del internado. Su hermana también se vio fuera de allí, sin entender nada. Así fue como los tres, madre, hijo, e hija, volvieron a estar juntos en Santísima Trinidad.

El chico acabó por hacerse mayor, y de ser hijo pasó a ser padre. Mi padre."

Mientras le cuento esta historia a Lorena, que me escucha con atención, con cara de congoja, cogiéndome de la mano y dándome su comprensión, me doy cuenta de algo. La pena que siento por ella es muy similar a la que escondo por mi padre.

Veo a unos pocos niños venecianos salir de la escuela, a eso de las cinco de la tarde, y caigo en la cuenta de que apenas hay críos aquí. ¿Cómo debe ser su infancia? Viven en un centenar de islas conectadas, solitarias, en un parque de atracciones fantasma, perdido en el recuerdo, hermoso y olvidado. Están solos. ¿Si estos niños se criaran en Barcelona en lugar de aquí, serían más felices? ¿Tendrían más amigos? ¿Mejores oportunidades al hacerse mayores? Quizás sí. Quizás no. Pero serían diferentes. Distintos. No serían las personas que son en Venecia.

¿Cómo habría sido la infancia de mi padre de haberse criado aquí? ¿Habría conocido la calma? ¿Su madre habría encontrado la felicidad? Y más que nada, ¿cómo me habría tratado de haber tenido una infancia más tranquila y sana?

Y yo, ¿cómo sería yo si me hubiera criado aquí? No sabría hablar castellano ni catalán. Tal vez no conocería las mismas series de televisión que conozco ahora. No me habría leído los mismos cómics. Quizás no habría jugado a los videojuegos. Hablaría en italiano, con un repelente y sibilino acento. Y sería más feliz. O no. Y tendría otros amigos. O estaría más solo. Una cosa está clara. No habría conocido a Lorena.

Y sería más feliz. O no.

13. "No me quieres"

Eso le he dicho. Porque es la verdad, no me quiere. Toda una semana llevo diciéndole por activa y por pasiva que yo sí le quiero, y con locura. Se lo digo cada vez que el corazón, contento, me lo pide. Se lo digo veinte, treinta veces al día. Y él pone caras cada vez más raras. Me sonríe, me abraza, me besa, se comporta como si me quisiera. Pero huye de esas palabras que yo tanto necesito oír. Joder, ¡ya somos una pareja oficial! Y no me lo dice, no me lo dice.

O bien no me quiere o bien es un cobarde. No me gusta ninguna de las dos opciones. ¿Por qué me hace deshojar tanto la margarita? Me deja como a una estúpida, sola y tirada en un inmenso césped, destrozando flores en su nombre. ¿Tanto le cuesta al hombre moderno pronunciar estas dulces palabras? El amor hay que acogerlo cuando nos llega. Y mimarlo, y darle rienda suelta a su voz. Propagarla, como la religión que necesita ser expandida, como la enfermedad que le gana terreno a la medicina, como las noticias que, sean verdad o no, recorren el mundo de punta a punta. El amor se prende en la vida de las dos personas que lo practican y se hacen llamar pareja, y si no es así, se extingue. Es un fuego caprichoso. Y él parece no entenderlo. No basta con traer el desayuno a la cama, no basta con sonreír, con cuidar, con hacer el amor. No es suficiente, nunca lo es. Yo necesito que me diga que me quiere, y necesito que me lo diga tantas veces que entre una y otra no me dé tiempo a olvidarme. Porque si me olvido, me conozco, buscaré en otro lugar el paraíso que él se empeña en negarme.

No son muchas las veces que me han expresado sentimientos fuertes. Un par de chicos, y teniendo en cuenta el volumen de personas con las que he compartido cama, la proporción es minúscula. Aún así, fue bonito. Sobre todo Dani. La primera vez que me dijo que me quería lloré de emoción, empapada en sudor mientras me hacía salvajemente el amor. Era muy bruto en la cama, pero para mí eso era símbolo de deseo, de fortaleza, de protección. Me hacía sentir algo, no sé exactamente qué, ya conocido.

Evidentemente, las primeras personas que me dijeron lo que siempre quiero oír, fueron mis padres. Pero, que yo recuerde, solamente me lo han dicho tres veces. La primera fue cuando yo tenía nueve años. Un niño de mi clase se había metido conmigo, me acusaba de pasarme el día entero llorando. Era cierto. Lo extraño es que no me acuerdo del porqué de tanto llanto. Pero así era, llegaba a clase, y no pasaba mucho rato hasta que el nudo de mi garganta se desataba cual tormenta en el desierto. Él siempre se reía de mí, y le decía a los otros compañeros que yo lloraba porque a mí no me querían en casa. La tutora pidió hora con mis padres, y mantuvieron una reunión que duró casi dos horas. Yo estuve esperando en el vestíbulo de dirección, mientras los otros profesores del colegio entraban y salían. Finalmente, cuando ya empezaba a pensar que me habían dejado tirada, mis padres y mi profesora aparecieron, los tres con sonrisa de payaso en la cara, y congratulándose mutuamente por el resultado satisfactorio de su encuentro. Mi padre me subió a caballito por primera vez en la historia, mi madre me dio un fuerte beso en la mejilla, y entonces ocurrió. Tus padres te quieren Lorena, ¿lo sabes, no?, decía mi profesora mientras mis padres asentían. Bien, ahora que lo pienso no salió realmente de sus bocas. Pero para mí fue suficiente. La segunda vez ocurrió varios años después. Fue el día que cumplí dieciocho años. Me regalaron un perfume caro, dos vestidos, y una tarjeta con una insignificante dedicatoria en la que me deseaban lo mejor en mi vida de adulta, y en el que escribían, de su propio puño, que me querían. De tus padres que te quieren, decía. No salió de su boca, tampoco en esta ocasión, si no de sus puños, pero me sirvió. La tercera fue cuando supieron de mi accidente este pasado verano, mediante mensaje de texto telefónico, nuevamente sin voz. Tres *te queremos* mudos.

Mejillas mojadas, otra vez. Estoy harta de descubrir que mis ojos en esto van por libres. Estoy harta de llorar. Harta de que no me quiera nadie. Harta de que mis compañeros de universidad me culpen de que hago mal mi parte del trabajo, que el lastre del grupo soy yo. Harta de que mi padre me presione para aprobarlo todo, como si su amor por mí dependiera de ello. Entre unos y otros me están volviendo loca. Y estoy jodidamente harta de regalar mi amor para que caiga en saco roto. Sus ojos azules ahora me parecen fríos, casi perversos.

Se me acelera el corazón, lo noto. Empiezo a sentir que floto. Mierda, hacía tiempo que esto no me ocurría. Me levanto, doy vueltas por la habitación. Respiro hondo. Miro a mi alrededor, tengo todo hecho un desastre. No tengo tiempo para ordenar mi ropa, que está esparcida por todas partes.

Parece que haya pasado un tifón. Mierda, me agobio. Rompo a llorar, siento ira. La ira de quien se sabe despreciada sin merecerlo. O quizás mereciéndolo. Doy asco, ¿verdad? Soy fea, estoy gorda. Sí, es eso, siempre lo ha sido. No me quieren porque no soy lo suficientemente atractiva. Para serlo tengo que disfrazarme, engañarlos a todos. Maquillarme, ponerme faldas, vestidos que me estilicen, y hacer buen uso de los tacones. Sacar provecho de mi altura, acentuar y disimular. Es un disfraz, cuando estoy desnuda y en horizontal doy asco. Mierda….¡Mierda!

El corazón me va a estallar. Necesito calmarme. Vamos, Lorena, calma. Llama a alguien…llama a alguien…a tu chico no, va a flipar, y no quiero que sepa que estoy así… además es la última persona con la que quiero hablar en este momento. ¡Él tiene la culpa, joder! Él, por no quererme…¡por engañarme! ¡Bastardo hijo de puta! Yo le enseñaré, sí, yo le enseñare lo que significa perderme, y entonces entenderá que me quería, entonces lo entenderá, sí, lo entenderá, cuando vea que ya no me tiene, cuando vea que no estoy, que me he ido, para siempre, cuando vea, cuando lo vea, cuando esté muerta.

Con el corazón a velocidad inhumana tenso mis ojos hacia mí misma como el arquero que tensa el arco y sus músculos. Me siento a punto de atacar a algún animal, a punto de acometer violencia. Pero no estoy en ningún bosque, y no hay ningún ciervo al que dar caza. Estoy en mi habitación, sola, con un trozo de espejo roto en mi mano ensangrentada a punto de cortarme las venas. No recuerdo como ha ocurrido. Pero sí, esto le enseñará…

¿Verdad, Papá? Esto os enseñará a todos que tu hija

no era tan mala. Que merecía la pena quererme. Que si nadie te quiere no vale la pena estar vivo, pero que si no te atreves a querer, tampoco. Todos deberíais seguirme. Todos deberíais morir. Espero que lo hagáis, espero que os atragantéis en el dolor de mi pérdida, espero que…espero que…

Dejo pasar el tiempo, mirando mi sangre. Tengo la mente en blanco, no sé cuánto llevo así. Dejo caer el trozo de cristal al suelo. Me siento mareada. Mis mejillas se sienten pegajosas. Me odio a mí misma. Soy un ser humano despreciable. Ni siquiera soy capaz de suicidarme. No valgo para nada.

No valgo absolutamente para nada.

14. Un regalo en las sombras

La sombra de la infidelidad se alarga. Yo sé lo que vi. Muerdo mis pensamientos hasta que me sangran las encías. Rechinan mis dientes. La imagen martillea mi retina una y otra vez. Veo a ese pulpo asqueroso, empapado en sudor, abrazándose a Lorena, tocándola, besándola en el cuello. Y la veo a ella, borracha, mirando el techo de luces de neón, con los ojos cerrados y una sonrisa dibujada en sus labios. La música envolvía los sonidos de su placer. Pero yo sé lo que vi.

Vi un acto infiel. ¿O vi a un idiota aprovechándose de una borracha? ¿Es excusa? Ella no hizo nada, no se defendió. Se abandonó. Sabiendo que yo estaba delante, se abandonó. No se acuerda de nada, dice. Quiero creerla.

Deseo creerla.

Necesito creerla.

Me esfuerzo por creerla. Pero no siempre puedo. Esperé y esperé. Pero no hubo movimiento alguno, ni siquiera uno imperceptible, como el de la arena del desierto al desplazarse sigilosamente por las noches. No hubo ningún acto de huir de su acosador. Dejadez, venganza, conformismo.

Es lamentable pensar que tuve que ser yo quien los separase, que no fuera ella, en acto reflejo y por respeto hacia su pareja, la que se deshiciese de ese payaso. No vi que llegaran a besarse en los labios. Pero da igual, supongo que ocurrió. Y si no fue así no importa, el daño está hecho. Verla pegada a esa imitación de babosa, ella totalmente regalada a lo que estuviera por venir, y él haciendo lo que quería con sus manos y devorando su cuello...Es demasiado.

Me digo a mí mismo que la culpa es mía. Si le hubiera dicho a Lorena que la quería no se hubiera sentido sola, no se hubiera cabreado de esa manera, no habría huido en mitad de la noche en busca de consuelo. El alcohol hizo el resto.

Hace más de un mes de todo esto y la maldita imagen sigue viniendo a mi cabeza. Y cuando sucede, me quedo paralizado, frío, las luces se me apagan y me evado de lo que sea que me envuelva en ese momento. Me pierdo en mi propia penumbra, tras un telón antiguo y sucio. Quiero huir. Quiero quedarme.

Intento poner buena cara ante el regalo que me ofrece. Es un viaje a Venecia, la ciudad romántica por antonomasia, con permiso de París. Me mira con la cara más ilusionada que he visto jamás. Sus ojos grandes y rasgados esperan fascinados mi reacción. Evidentemente estoy contento, viajar me encanta. Pero hacerlo con ella me aterra. ¿Y si en mitad del viaje sufre uno de sus ataques de violencia e histrionismo? ¿Y si estando en Italia me deja tirado, como otras veces ha hecho aquí? ¿Y si estando en un paseo romántico esas imágenes vuelven a mí y ella se percata?

Lorena no es tonta. Ella me lo nota. Cuando quedo ensimismado, ella sabe en lo que pienso. Sabe que me acuerdo del maldito incidente. Le sienta mal, cree que solo hago que remover mierda. Pero no es así, yo querría olvidar lo que vi. Querría que no hubiera pasado, o no haberlo visto. Pero pasó. Y lo vi. Ella me dice que no hubo más de lo que mis ojos tocaron, que seguro sus labios siguen siendo solo míos. Que iba bebida, muy bebida, y no pudo defenderse, que menos mal que yo estaba allí. Que no se acuerda de cómo sucedió todo.

Y yo quiero creerla. *Necesito creerla.*

Pétalos de colores que iluminan la sala de baile, marchitándose de forma intermitente y epilépticamente rápida. Con fuerza, una fea enredadera atrapa a Lorena, la estrecha con fuerza, clavándole sus espinas y lamiéndola con sus hojas. Lorena mira hacia arriba, ensimismada, sin saber dónde caer, si del lado del dolor o del placer. No se resiste. Acaricia a la enredadera. Ésta se le aprieta aún más. Entre disfórico y colérico me acerco a la mujer y a la planta. Los separo sin ninguna diplomacia y, al mismo tiempo, mi vida cruje en dos. Me divido. Dos líneas paralelas se trazan a cada lado del abismo aterrador que supone ver las marcas que la enredadera ha dibujado en su piel. Me voy cabreado, huyo corriendo de una historia que acaba de empezar pero que ahora sé que tendrá un final temprano, que no merece más. Me quedo ahí, bajo la cabeza y acepto la culpa de lo sucedido. Acepto a Lorena tal como es y me castigo por no entenderla mejor. La odio, la insulto y me vuelvo a casa liberado, pero dolido. La persigo, ella me culpa por lo sucedido y yo, detrás de ella, recojo las migas que me deja para no perderle el rastro y así seguir protegiéndola. La amo. La adoro. La detesto. Dos universos, una sola realidad es posible.

Desconfío de ella. Necesito creerla. Pero sé de su mentira. Sé, pues, de su verdad.

15. Lo dejamos

Me irrita todo lo que hace. Le quiero con locura pero no le soporto. No soporto su indecisión. Su duda. Su mirada perdida. Su reproche silencioso. Su silencio reprochable. Cada vez le digo menos que le quiero, aunque le quiera más a ratos. No entiendo que la misma persona que me dio motivos para amarle sea la misma con la que me enfade cada dos por tres. Me hace sentir mal, no me quiere lo suficiente. A veces desearía huir lejos de él, y poder sentirme deseada por otros chicos en libertad. Pero no me imagino perdiéndole…a él no.

Tengo nuevos sueños. El que más se me repite estos días me está dando que pensar. Sueño con Dani, mi ex. Él se me acerca y planta un beso en la tierra de mis labios. Mis mejillas se sonrojan, y de repente el cielo se vuelve fuego. Dani me pega, pero yo no me opongo, disfruto de ello. Entonces, cuando me levanto, Dani ya no es Dani. Su rostro se transforma en el de mi chico, y esos ojos azules me miran, culpándome por no haberme defendido, odiándome por haber disfrutado de la experiencia. Yo me enfado con él, le digo que solo ha sido uno más, que le odio y que Dani era mejor en la cama. Entonces me despierto empapada en sudor, con mi novio a mi lado, profundamente dormido, y una leve sensación de asco y rabia se apodera de mí. Me levanto y me voy al comedor, para estar a solas, lejos de su presencia.

Esta misma mañana me he enfadado muchísimo. Cuando me he despertado él ya había comido. No me ha esperado. Dice que ha intentado despertarme, que yo le he contestado mal entre sueños, y que por eso decidió dejarme durmiendo. No le creo. Sé que miente, si hubiera intentado despertarme lo recordaría. Luego le he propuesto ir al cine esta tarde, pero me ha contestado que todavía tiene que terminar un trabajo de la academia de idiomas. Otra tarde más en casa. Otra tarde más agobiada por culpa de su ineficacia. Yo hago mis trabajos mucho más rápido. Lleva días con esta cantinela...Y he petado. Le he gritado, hemos discutido, y me he marchado dando un portazo. He esperado sentada en un banco de la calle. Para mi sorpresa ha tardado más de media hora en aparecer. En otras palabras: no me ha seguido al momento. Esa media hora en la calle, sentada, tirada y sola como un chicle pegajoso que todos ignoran, ha sido tan eterna como horrible; dolorosa. Creí que ya no me quería, que se había rendido del todo, que yo ya no le importaba. Que no saldría a luchar por mí. Cuando ha llegado he roto a llorar. Me sentía fatal, incomprendida. Poco querida. Muy poco querida. Le he llegado a decir que quiero dejarlo, que esta relación ya no me compensa. Que no me siento amada. Que prefiero matarme a seguir así.

No es la primera vez que le pongo en esta situación. Ya van unas cuantas. No puedo evitarlo, no quiero una relación en la que no me siento apreciada constantemente. Quiero muestras de amor cada segundo. Las necesito. En una ocasión discutimos sobre qué era mejor, si vivir en Barcelona o en el extranjero si nos salía una oportunidad de trabajo que mereciera la pena. Él defendía la opción de quedarse por encima de todo, que no quería dejar tirada a su madre, que Barcelona es su patria y que aquí es donde quiere estar y criar a sus hijos. Yo me opuse. Si sale un trabajo en el extranjero que permita crecer hacia otras dimensiones, hay que irse. Es más, creo que hay que irse en busca de ese trabajo. No me veo toda la vida aquí. Sin embargo mi chico dice que como mucho se iría un año o dos, pero que regresaría. Que Barcelona siempre será Barcelona. Me sentí tan frustrada, pensé que si me salía un gran trabajo fuera tendría que rechazarlo por su culpa. Que no me seguiría. Me pasé todo un día distante de él, y le llegué a plantear el dejarlo.

Después de hablar durante mucho rato, se ha llegado a la conclusión de que todo esto eran malentendidos, y que seguiremos adelante. Pero yo empiezo a no verlo claro. Le amo, pero no sé si soy ya tan feliz.

Mediados de Enero, tengo en mis manos dos billetes a Venecia. Dos billetes para renovar la ilusión. Dos billetes para no dejarlo y recuperar lo que nos viene dado entre un millón.

16. Pitufo y Gigante

La cosa más rara ha sucedido hoy. La que menos debería suceder. Lorena se ha encontrado con una foto de su ex, ese tal Dani. Se ha quedado inmóvil, mirándola, y se ha llevado la mano a la boca para introducir de nuevo en su garganta las palabras de asombro que ya le brotaban. Me ha dado toda la sensación de que sigue sintiendo algo por él. Yo alucino. Se supone que este chico, por muy modelo que sea, le hizo la vida imposible. ¿Por qué su recuerdo permanece tan sólido en ella?

Siempre en algún momento lo tiene que nombrar. Estoy más que harto. Parece que vivo a la sombra de un árbol más alto, más bonito, más fuerte. Sé que hay relaciones que nos marcan, personas que aunque nos traten mal nos dejan impresas en la piel huellas imborrables. Pero no deberían doler tanto, ni influir en nuestro presente. Si eso pasa, es que algo más sucede. Quizás solo soy un parche. Pero no, no es posible. Lorena no creo que sea tan buena actriz.

Espero no terminar desconfiando de ella por culpa de este tema, porque sino podría pasarme como al gigante de un relato que oí una vez:

La gente común no sabe que a los gigantes no les puede dar el Sol. Si uno de sus rayos acaricia su piel se subliman. Se evaporan y se esparcen por el aire para desaparecer para siempre. Bueno, no todos. Aquellos gigantes cuyo corazón está poseído por el empuje del amor renacen convertidos en palomas blancas. Así es como sucede.

Los pitufos, en cambio, son seres diminutos y pacíficos. Son educados y de ideas claras. Y no suelen mezclarse jamás con los gigantes que, por lo general, solo salen de noche y podrían pisarles sin querer. Sin embargo hay excepciones. Esta historia es una de ellas.

Una noche cualquiera, un gigante paseaba pensando en las pocas cosas que pueden pensar estos enormes seres de cerebro pequeño y casi invisible corazón. Estar sumido en sus pensamientos no le impidió, sin embargo, escuchar un llanto, un llanto diminuto, pequeño. Miró al suelo, y metros y metros más abajo vio a una pitufo preciosa, de mejillas redondas y dentadura perfecta.

—¿Qué te ocurre? —tronó la voz del gigante, mientras se agachaba.

—Mi marido se ha ido. Ya nadie me querrá jamás.

—¡Oh! —exclamó el gigante con compasión—. Yo también estoy solo, hace mucho ya que me abandonaron.

Hablaron toda la noche y algo surgió entre ellos. Ambos sabían, en su fuero interno, que aquella historia no tenía razón de ser. Dos corazones rotos y de tan distinto tamaño no podían encajar. Pertenecían a razas prácticamente opuestas. Pero no podían negarse el uno al otro, había nacido una atracción entre aquellos dos seres -sí, ¡atracción!- y nada podía remediarlo. Disfrutaron de su amor casi prohibido cada noche durante muchas semanas.

Solamente existía un problema: La pequeña pitufo debía sacrificarse y jugarse la vida cada noche para ir en busca de su amado, que como ya sabemos tan solo podía pasear bajo la luz de la Luna y de un cielo estrellado. No eran pocos los peligros que habitaban la noche: insectos gigantes, malvados orcos, plantas carnívoras, ¡incluso algún humano desdichado! Pero todo sacrificio era poco para poder reunirse con su querido gigante. Él, en cambio, sentía desazón en su interior. Algo en su diminuto cerebro le decía que su pequeña pitufo estaba, en realidad aún, enamorada de otro. No fueron pocas las noches que ella lloró desconsolada por tal situación. El enorme e impávido hombretón no sabía qué hacer: se sentía vaciado, que no vacío, de fuerzas como para poder ayudarla. Su antiguo matrimonio le había exigido demasiado, y no se sentía preparado para tal afronta.

Poco a poco algo parecido al rencor se fue generando en el estómago del gigantón, que empezó a pagar su mal humor y su poca capacidad de comunicación con su bellísima y diminuta compañera, a la que ahora, debido al sopor que le invadía, no apreciaba tan hermosa. Se cansó de sentirse atrapado en las redes de alguien de quien ya no podía fiarse, y activó entonces un mecanismo de defensa: pensar en su anterior matrimonio, en su amada perdida, y convencerse de que todo tiempo pasado fue mejor. Solapó un dolor por otro. Olvidó por completo los sacrificios de aquella diminuta mujer que, noche tras noche, surcaba la oscuridad llena de maldades para reunirse con él.

Ella le imploró una y mil veces revertir su mal genio, pero él no se atendía a razones. Era demasiado enana para él, y estaba rota por dentro por culpa de otro ser tan pequeño como ella. Aquello no pintaba bien, no había sido el inicio que él hubiere deseado. Por eso fue que se originó a boicotear su tierna y amorosa amistad con la pitufo. La despreció, la alejó de él, se obligó incluso a mirar de nuevo a mujeres de su tamaño. Huyó del amor casi corriendo, como quien huye de un vendaval, para poder cruzar palabras de flirteo con mujeres enormes de largas piernas. Pero ella no se rindió. Jamás lo hizo. Se construyó con madera fina unos zancos de tremendísimas plataformas, y ensayó día y noche hasta poder caminar sobre ellas. Eran tan largas, que el gigante tuvo que reconocer el mérito de que alguien tan pequeño hubiera llegado tan alto. Pero ella no quería llegar alto. Quería llegarle a él.

No fue suficiente.

El diminuto cerebro del gigante seguía creyendo que lo mejor era huir de todo aquello. Su corazón, no obstante, gritaba desde algún rincón de su pecho:

—¡Estúpido! ¿Qué no lo entiendes? No la dejes escapar, un amor así... ¡no se encuentra dos veces!

Pero el cerebro era el claro dominador de la batalla, y no se dejaba impresionar por esa bomba pasional, roja, y ciega.

No pudo ser de otra manera. Se distanciaron, pese a seguir pasando las noches juntos, se distanciaron. Estirados dentro de la caverna del gigante, se abría entre ellos un abismo absurdo y palpable. Decidieron verse menos. Era lo mejor. Ella estaba sufriendo, cegada de amor por un hombretón que, aunque era lo que ella siempre había querido, le negaba lo que sabía que podía -y quería- darle.

Él intentó no mostrar sus emociones. Sabía que eso le pondría en desventaja. Se dijo a sí mismo que eso era lo que él necesitaba. Unas vacaciones de los sentimientos. Nada de ataduras. Nada de lazos. Emprendió un camino en el que conoció a nuevas mujeres de su misma altura. Se vio a sí mismo en una encrucijada. Se sentía el parche de un ser diminuto, al cual estimaba, pero no veía ningún futuro. Se sentía acorralado. Tanto cambió su carácter que su diminuta amante acabó por cansarse. Por fin ella tomó la determinación de olvidarle.

Sabiéndose solo, decidió refugiarse en sus amigos y superarla cuanto antes. Conoció entonces a una gigante que, en medio de todo aquel caos, aprovechó para estamparle un beso en los labios. El gigante evocó la imagen de su pequeña amiga, a la cual sentía que estaba fallando, aun sabiendo que ya posiblemente nada quedaba entre ellos. Después de algunos besos, la enorme mujer le propuso dormir juntos. Y entonces lo tuvo claro. Él no quería dormir con otra, fuera del tamaño que fuera. Quería abrazarse a aquella pequeñaja que tanto le había demostrado. Fue en su búsqueda y le contó lo sucedido.

Y a ella se le rompió el corazón. Creyó que el gigante, al atreverse a rozar sus labios con otra, había mancillado todo su esfuerzo. Él intentó hacerla entender su punto de vista. Quiso decirle que ahora se sentía preparado para no sentir miedo, que ahora quería vivir el amor de una forma completa. Pero era demasiado tarde. La pitufo se volvió sin decir palabra, y se fue. Su manera de ver las cosas era muy distinta. Para los pitufos, un solo beso lo era todo. El gigante, destrozado, se sentó a pensar en el claro del bosque. Reflexionó sobre la pérdida, sobre lo estúpido que había sido. Gracias a sus piernas, podía dar grandes zancadas, pero había llegado tarde. El amor le había llegado tarde. Pasaron las horas y el cielo se anaranjó, pero el grandullón seguía ahí, expuesto, pensando, triste, recordando las lágrimas que habían brotado por la cara de su preciosa pitufo. Merecía estar solo.

Extrañamente feliz se dio cuenta de que, esa preciosa pitufo que ahora le daba la espalda, era en realidad la persona más grande que había conocido jamás. Los rayos de Sol empezaron a abrirse paso hacia él, que no hizo ningún esfuerzo por salvarse. No tenía motivos para seguir siendo gigante, ni para seguir con aquella existencia.

Sonrió ante su último pensamiento, justo antes de evaporarse: pensó que, una vez convertido en paloma blanca, quizás podría velar por ella desde el cielo.

TERCERA PARTE:

DOS ALMAS...

GEMELAS

1. Ultimátum

Venecia ha supuesto un ultimátum. He vuelto cansada. Momentos para todo, sí. Muchas, muchas fotos en las que parecemos los enamorados más dichosos del globo. Pero no es así. Impresiona la diferencia entre la imagen que proyectamos a veces las personas y lo que realmente sentimos. Mientras una foto retrata un beso de postal, nosotros nos decimos todo aquello que no deberíamos. Hay escenas que sobran, todos los directores lo saben.

A veces una imagen no vale más que mil palabras. A veces, las imágenes engañan. El ojo, desnudo de conocimientos previos, de contexto, ve lo que ve. Pero las palabras dicen lo que quieren decir. Un te quiero es un te quiero. Y vale más que un acto. Que una foto.

No sería lícito decir que todo fue un desastre. Realmente el amor tuvo lugar entre esas pequeñas calles, repletas de olores medievales, sobre esas aguas de dudosa composición pero que otorgan notoriedad a la historia de una de las capitales culturales más importantes que el mundo haya conocido jamás. Sucedieron besos, ¡claro! Y también miradas cómplices. Sus ojos al mirar cada construcción arquitectónica, ansiosos de saber, de conocer. Su actitud de niño pequeño, lleno de ganas de explorar y entender el mundo que le rodea, ¡fue hermoso verle así! Y todo gracias a mí, a mi regalo. A Venecia.

Sin embargo, faltó algo. Faltó lo de siempre, falló en lo de siempre. No me atiende bastante. Sus ojos se perdieron demasiado en el museo de historia del arte que emana de cada esquina veneciana. Mil fotos de cada uno de ellos. Ninguna foto conmigo. Poco romanticismo. Poco interés en mí. Todo estalló por su culpa. No aceptó una estúpida broma mía. Me hizo sentir mal, muy mal. Se abrieron en mi piel todos los cortes de la planta enredadera, sentí la fragancia de tiempos mejores, de pétalos multicolor. Y mil dragones en mi interior.

Le dejé. La única reacción posible. Y ya van demasiadas veces. ¿Cómo no querer dejar algo, por mucho que lo quieras, si solo te hace sentir mal? Él, claro, me siguió. No se enfadó. Nunca lo hace. Nunca me planta cara. Echo de menos un poco más de carácter, un poco más de sangre. A mí me gusta que me dominen. Pero mi novio es como un peluche. Lindo, suave, pero inmóvil ante la adversidad. Débil. Poco hombre. Decepcionante. Me saca de quicio ver tanto amor en sus ojos, pero que se corresponda tan poco en sus actos. En sus palabras.

Sin embargo, al llegar al hotel me dejé embaucar por su letanía. Por un fino hilo de esperanza que cuelga en lo hondo del mar que existe entre nosotros. La enredadera se despegó de mi cuerpo poco a poco, dejando heridas esta vez más profundas, que mi chico se encargó de lamer durante horas. Pero pese a hacer el amor, la fragancia externa a nosotros dos seguía ahí, una otredad palpable. Decidí entregarme sin reservas a la poca fuerza que le queda a nuestro fuego, y mientras mi peluche me hacía el amor, vi horrorizada cómo Dani nos observaba desde el umbral de la puerta.

2. 22 no, 21.

Confunde lo bucólico con lo melancólico. El amanecer con la noche que le precede. Las nubes con la soledad. Confunde lo llano con lo esdrújulo. Lo patente con la ausencia. La presencia con el tacto. Confunde un beso con un experimento. Un resultado con una mejora. El presente con el pasado. Confunde a sus padres con los míos. A sus amantes con aquellas que me tocaron a mí. Confunde la ducha con el baño de espuma. El orden con el caos. La comida con el dolor. Confunde a su propio espejo. Confunde a su reflejo. A su ego. Confunde el humo que se fuma con la llama que prende su tabaco. Confunde la verdad con el placer. La palabra con el saber. La belleza con el baile bajo luces de neón. Confunde al filósofo con el personaje. A la persona con Andre de Dienes. Confunde el chocolate con la amistad. El postre con el desayuno. El desayuno con el sexo. Y sobre todo, me confunde a mí.

Mi tristeza contra el Sol. Esa jodida luz que solo se apaga si le damos la espalda. *Esa jodida luz.* Se supone que regala alegría, que nos invade su energía. Que los países cálidos generan las personas más humanas, más cercanas y abiertas, que en los climas calientes abunda la fiesta, la bebida, y la gente dispuesta a vivir sonriendo. Pese a todo, yo me erijo como el protestante de esa iglesia. Mi cabeza combate los buenos días, y, a través de la tristeza, intenta refugiarse en el sopor, en la inopia. Es todo un arte. El arte de amargarse la vida, como dice un buen libro. Y es así. Combatir al Sol debe ser como pelearse con la pareja que nunca falla al tenerte la cena preparada, es como tirarle mierda a la cara al sacerdote que te está dando la extrema unción salvando así tu ruinosa alma. Es joderse uno mismo. Y eso es, precisamente, lo que hago.

Lo que ya no sé, es cómo lo hago. ¿Me arruino por mi forma de *ser* con Lorena, o me arruino por *estar* con ella? Mi indecisión en estado puro, mi pura enfermedad. Me pasa con todo. Cuando es verano y el buen tiempo invita a tomar un helado, nunca sé si probar el de chocolate o el de fresa. Cuando el invierno azota, dudo entre tomarme un *capuccino* con nata o un *nespresso*. Puedo pasarme más de media hora ante un mostrador para decidirme. Si pudiera contar todas esas horas, me gustaría saber cuánto tiempo he perdido en cada estación y cuántos trenes se me escaparon en cada una de ellas. Podría decirse que es mi característica principal.

De hecho, nací *así*.

Justo a las doce de la noche, porque no sabía exactamente en qué día venir al mundo. Así que intenté salir del universo materno a medianoche, para que de esa manera hubiera cierta duda y el médico decidiera por mí. El resultado fue que siempre se me dijo que nací un 22 de Noviembre. Pasé toda la vida tranquilo con este dato, sin darle mayor importancia, hasta que a mi madre le dio por equivocarse. Siendo yo todavía pequeño, se me sienta ella al lado un día para decirme que a partir de entonces mi cumpleaños se celebraría el día 21. Yo era pequeño, pero no gilipollas. Instigué y hundí mis preguntas en la herida hasta que sangró la respuesta, me he equivocado hijo mío al hacer tu primer D.N.I, ya que yo me puse de parto el día 21, me vino a decir.

Joder.

Por si no quedaban dudas de que mi destino era el ser una persona indecisa y temerosa, ahora ni siquiera podía estar tranquilo con mi propio nacimiento. Ahora tendría que mentir para siempre cada vez que me preguntasen por la fecha en la que vine al mundo. Eso, o explicar que tengo dos días, por aquello de hacerme el interesante. Pero de interesante nada, mi D.N.I es fiel reflejo de lo que soy: ¡una persona que ni siquiera sabe ya en qué día nació!

3. Cartas

Tengo un par de horas antes de que mi chico vuelva de la academia de idiomas en la que estudia. A mi alrededor el centro comercial Las Arenas de Barcelona, antigua plaza de toros de la cual tan solo queda ya la fachada. Donde antes hubiera arena y gradas, ahora hay tiendas, restaurantes, y cines. Está abarrotado por las rebajas.

Entro en una pequeña tienda de ropa a ver qué veo. La verdad, no me apetece comprarme nada nuevo-raro en mí-pero nunca se sabe. Me duele un poco el estómago, pero lo detecto como nervios. Llevo así unos días. Desde que volvimos de Venecia. Sostengo un vestido negro en mis manos. Mientras lo miro, mis ojos captan algo más, una cabeza que sobre sale de las demás. Un chico alto, muy alto, y una nuca familiar.

Demasiado familiar.

¿Dani?

Dejo caer el vestido al suelo y salgo pitando. Voy empujando a la multitud que se encuentra ante mí. Veo como la cabeza del chico se aleja rápidamente y temo no llegar a tiempo de descubrir su identidad. Va hacia el lavabo. Mi corazón se desboca y entonces sucede, alguien de entre toda la gente pronuncia mi nombre con voz sorprendida. Me detengo. Sé quién es, pero el miedo a estar en lo cierto me impide girarme. Me obligo a ello, mis talones son pesadas rocas.

Hola Mónica. Cuánto tiempo…

Sí. La que fuera mi amiga, la que me echó de su casa,

la que me hizo tanto daño.

Me pregunta cómo estoy, si me encuentro mejor, y le digo que sí. Me mira con ojos entre aterrados y penosos. No sé si siente miedo o lástima. Sus ojos se parecen a los de mi chico. Y los odio. Sigo pendiente del lavabo. Hablo con ella haciendo ver que no me afecta y que incluso me alegro un poco de verla, no sé cuál de las dos está más incómoda en este momento. Me percato de que el chico alto sale del lavabo, veo su rostro…y no es el rostro de Dani.

Dios Santo, pienso en el vestido que he dejado tirado en el suelo y en los fuertes latidos dentro de mi pecho, y en cómo me debo de haber sonrojado. Si mi novio hubiera visto esta reacción tendría motivos más que suficientes para mandarme a la mierda. Me siento estúpida.

Devuelvo la mirada a Mónica, que se despide deseándome lo mejor. Mientras se aleja, veo que se gira para dedicarme una última sonrisa triste, de esas que parecen decir "sé que tu vida apesta, pero yo no puedo hacer más por ti".

Siento el odio que crece dentro de mí. Siento asco hacia Mónica, siento asco hacia Dani. Me dirijo con paso firme a los lavabos de las chicas, sorprendentemente vacíos teniendo en cuenta la cantidad de personas que hay hoy aquí. Me encierro en uno de ellos, y adopto la postura más común de mi adolescencia perdida, rodillas en el suelo, cabello a un lado, dispuesta a vomitar en la taza.

Meto los dedos. Mientras lo hago, pienso en mi novio y en su madre. Pienso en qué dirían si supieran lo que estoy haciendo. Pienso en todo lo que están haciendo por mí. En cómo me han acogido en su casa. Pienso en la decepción que sentirían de verme de rodillas ante mis miedos.

Saco los dedos antes de la primera arcada y rompo a llorar. Clavo mis uñas en mis brazos hasta notar el dolor. Hasta sangrar.

Cinco minutos más tarde salgo como si nada hubiera pasado, radiante, con una sonrisa. Creo que por hoy ya es suficiente, vuelvo a *casa*. Claro que, cuando digo casa, me refiero al hogar de mi chico, en el que estoy instalada. Cuando llego, veo a su madre hablando por teléfono. Me dedica una cálida sonrisa. Doy gracias a Dios por su recibimiento, y noto como la temperatura sube en mi interior. Cuelga el teléfono y me ofrece un café.

La madre de mi chico es una mujer buena, aunque tengo entendido que solía gritar bastante y tener la mano larga. Y que estaba mucho más gorda. Des de que su marido se fue, ella debió cambiar mucho, y para bien. Ahora es una superviviente aficionada a las cartas del tarot, por las cuales siento bastante curiosidad. Curiosidad de la que me avergüenzo un poco porque sé que mi chico cree que no son más que payasadas. Me alarga el café y le doy las gracias. No solamente por el café, si no por todo el bien que me hacen. Por cómo me han abierto sus puertas. Me contesta que no pasa nada, que todo irá bien, que soy la novia de su hijo y eso me convierte en una hija para ella.

Alucinada me hallo. Creo que mi madre nunca me ha hablado con tanto cariño, jamás.

La curiosidad me puede y le propongo que me tire las

cartas, para pasar el rato. Ella se muestra encantada. Me pregunta si quiero una tirada normal y abierta, o preguntar por algo en concreto. Le digo que abierta. Me ofrece el mazo y me ordena que lo remueva dejando mi mente lo más en blanco posible. Eso hago.

Cierro los ojos, pero lo de dejar la mente hueca no es tan fácil. Pienso en Las Arenas, en Mónica, y en Dani. Y, por último, en mi chico.

Corto el mazo y me hace escoger, si el montón grande o el pequeño. Le digo que el grande. Lo agarra con sus manos y empieza a depositar las cartas una a una encima de la mesa del comedor. Las enormes cartas con dibujos aparentemente absurdos empiezan a aparecer. El carro, la luna, el ahorcado, el demonio, el sol…

Una vez colocadas, las mira detenidamente. Rezo para que mi chico no entre en este mismo momento por la puerta. Se toma su tiempo, le da un sorbo al café. Los mofletes adquieren un tono rojo y su expresión se endurece…creo que no tiene buenas noticias.

"Veamos, yo no soy una experta. Pero aquí lo que veo es mucho dolor, sobre todo en tu pasado. Estás esperando una llamada, de tus padres, que no llega. Veo que a nivel laboral te irá bien, no tardarás en tener trabajo." Se detiene. Está claro que todavía no ha dicho todo lo que ve, pero es como si no quisiera decir más. Le pido que siga por favor, que no pasa nada, y que solo lo hacemos por pasar el rato. "Veo que tu actual relación no tiene mucho futuro. Hay una tercera persona que se interpone entre vosotros, pero no está necesariamente presente. Y veo un gran cambio, pronto." Me mira con cara de pensar "vas a dejar a mi hijo, zorra", pero añade "no me hagas mucho caso, como te he dicho antes no soy una experta, y de todas formas no son más que conjeturas".

Pero ella sabe que algo entre su hijo y yo no va bien. Lo sabe. Lo sabe porque yo también lo sé.

En este momento la puerta de casa se abre y aparece mi chico, sonriendo. Al verle, me invade una terrible tristeza.

4. Una canción inacabada

Los días transcurren felices. Entre Lorena y yo por fin parece crearse un vínculo que se ha gestado durante años. Una semilla que ha sido regada poco a poco en las sombras, tiernamente, despacio. La cosa se está poniendo seria. Nos vemos todos los días, dormimos juntos casi siempre. Nuestras manos se encuentran cuando paseamos por la calle, nuestros labios son siameses. Tengo la impresión de haber penetrado por fin en la fortaleza de su corazón. Atrás quedan aquellas épocas en las que Lorena desaparecía de repente, sin dejar rastro. Aquellos días en los que todo parecía ir bien pero de repente me dejaba colgado como a una camiseta mojada, sola ante el viejo Sol. No, Lorena no me abandonará esta vez.

Sus cicatrices no son un problema para mí. Me estimulan. Ver su cuerpo herido no hace sino aumentar mi compasión por esta criatura tan hermosa. Me gusta maullarle al oído, darle cariño gatuno, y lamer los estigmas de su piel, producto de su accidente veraniego. Ella se da cuenta y lo valora. Espero que también esté valorando todo lo demás. No ha sido fácil para mí dejar atrás las veces que ella me dejó plantado en el pasado, incluida aquella vez que a grito pelado en la calle me dijo de todo. Espero que aquella escena no vuelva a repetirse. Si todo va bien, no tiene por qué.

De momento el vínculo es sólido, se va fortificando poco a poco, como un castillo medieval que se construye sin prisa pero sin pausa, poniendo todos los ingredientes arquitectónicos que lo harán inexpugnable. Nadie podrá penetrar en él, nadie podrá invadirlo ni conquistarlo. Esa es la idea, la intención. No puedo evitar sentir cierto miedo. Pensar que, pese a toda esta inversión, un terremoto devastador convierta la piedra en naipe, y una suave brisa sea capaz de derribar toda la obra. Sé que tendré competidores. Sé que ella es seductora, y que muchos buitres intentarán aprovechar cualquier momento de despiste para abalanzarse sobre cualquier signo de putrefacción. El trabajo diario, el amor creciente, la comunicación, serán claves para evitar todo ese desastre.

Intento centrarme en lo bonito. En sus besos, en su canto. En su puño y letra, en su sonrisa. Cuando Lorena sonríe, su ojo derecho se cierra más que el izquierdo. No puede evitarlo. Me resulta encantadora, y tengo la impresión de ser el único en el planeta que se da cuenta del detalle que supone. De su sonrisa, de sus ojos, de su tacto, de su canto, nace la inspiración que me lleva a emprender lo que hace mucho que no hago. Quiero dedicarle una canción con mi guitarra. Se lo merece, y será algo que nadie ha hecho por ella nunca. No es que sea el acto más original del mundo, pero espero al menos crear un momento de unión que puede resultar determinante.

Pero me preocupa un detalle. Pese a todo lo que siento, no es suficiente. He escrito dos estrofas pequeñas, tengo la música diseñada, pero me faltan más palabras. No me veo capaz de culminar la canción, de terminarla. Está a medias. Nunca me había pasado. No es, claro que no, la primera vez que escribo una canción, ni tampoco la primera chica a la que le dedico una. Sin embargo, las otras veces me salía casi sin pensar. Ahora, por el contrario, me quedo sin respiración y una rara sensación me oprime, rodeado de una escafandra que me aleja del resto del mundo y que imposibilita que mis pensamientos se trasladen al papel, al pentagrama.

Intento entender qué significa todo esto.

No puedo evitar que una idea se me cruce como un rayo entre ceja y ceja; tal vez lo nuestro tenga el mismo destino que mi canción. Tal vez lo nuestro aún no esté preparado para ser algo completo, quizás aún, en lo profundo, no confío en ella. Quizás aún, en lo más hondo, sé que no hay futuro con alguien que sufre como ella.

Su sufrimiento fue lo primero que conocí. Hace ya años, cuatro o cinco, me interesaba a veces por los foros de ayuda. Como estudiante de psicología, indagaba a través de la red de internet en sitios donde la gente de determinada problemática pedía consejo, ayuda, o tan solo un oído amigo. Sí, así conocí a Lorena. Ella posteaba en una página dedicada a la bulimia y la anorexia. Su perfil me pareció interesante, y cuando vi su foto supe que ya nunca querría ver nada más. Mierda, me dije a mí mismo, estoy aquí porque quiero ser psicólogo, no porque quiera enamorarme. Sentir deseo hacia alguien con un perfil problemático no era, además, lo más adecuado para mí. Le contesté a un post, y así entramos en contacto. Conversamos sobre su problema, sobre sus síntomas. La frecuencia de sus atracones, de sus purgas. Las motivaciones que tal vez la condujeran a eso, la relación con sus padres. Entramos también en contacto telefónico. Me enamoré de su voz. Me gustaría pensar que a ella le sucedió algo parecido.

Un buen día desapareció. Ya no contestaba mis mensajes en el foro, su teléfono no daba tono. No tenía ninguna manera de contactar con ella, ningún correo personal, dirección, número de teléfono de su casa. Nada. A lo mejor, pensé, no tenía ni su nombre real. Me sobrevino una inmensa tristeza al pensar que jamás volvería a saber de ella. Pero la vida, tan lista, me tenía algo preparado.

Mediados de Noviembre, me gusta recordar nuestra historia, sea verdadera o no.

5. Un cuadro sin pintar

Le prometí que rescataría mis habilidades con el pincel para pintarle un cuadro de Venecia. Todo vino porque quiso comprarse uno de esos óleos que venden los artistas ambulantes que llenan las calles de las ciudades más turísticas. Yo le pedí paciencia, y que se ahorrase el dinero. Que ya lo pintaría yo, que así sería más bonito y tendría más sentido. Se mostró encantado con la idea.

Estoy en casa de mis padres, en una habitación que usamos a modo de estudio. Es domingo, y tocaba visitarles. No va mal esto de tener un día libre sin él, y es el momento perfecto para pintar ese cuadro. Me enfundo una camiseta blanca sin mangas, vieja y casi rota. Unos pantalones de pijama que ni recordaba que tenía, que cubren mis pies descalzos, libres de toda presión. Piso el parquet, y muevo los dedos. Hago crujir mi cuello, me recojo el pelo en una sensual coleta que cae sobre un lado de mi nuca. Miro hacia el techo, respiro profundamente. Ante mí, un lienzo en blanco. Ante mí, la posibilidad de pintar un bonito recuerdo, una imagen fuerte que recuerde lo mejor de nuestro viaje, y obvie lo peor.

Decido probar con el carboncillo. Hago el primer trazo, una línea horizontal que marca el horizonte de la imagen que tengo en mi mente. Hago otro, vertical y bastante perpendicular a la anterior, para germinar la estructura de la torre que se alza en San Marco. Mi mano empieza a sentirse caliente. Bebo un poco de agua y, ahora sí, empiezo a conectar mi imaginación con el dibujo sin parar, sin prisa, pero sin ninguna pausa. Poco a poco, se va tomando forma esa dichosa ciudad. Tan mágica, tan enérgica, pero tan vacía en invierno. Tan vacía como yo. Hago una pausa, este pensamiento me ha hundido. Salgo al balcón a fumarme un cigarro, miro a la gente que pasea por la calle. El humo que sale de mi boca parece despreciarles a todos. Cada calada me mata un poco. Cada beso también.

No es fácil para mí. En mi interior sé que no hay futuro. No necesito que unas cartas del tarot me lo digan. No es el hombre de mi vida. Creí que sí, que nadie como él para estar conmigo. Él, que hace tantos años que me conoce. Él, que posiblemente sepa todos mis secretos. Sin embargo él, que tanto se acobarda, que tan poca sangre tiene cuando yo necesito que me protejan de todo cuanto me rodea. Es su error, no el mío. Vuelvo al estudio y miro el dibujo. Empiezo a recordar nuestro viaje. Empiezo a pensar en cómo él hizo cientos de fotos de cada detalle de la ciudad, pero no se molestó en exceso por hacerse cientos de fotos conmigo. Pienso en lo mal que me hizo sentir cuando se enfadó conmigo. No tenía ningún derecho. Un verdadero amor no se cabrea nunca, no me llevaría jamás la contraria. Inevitablemente vuelve a mí esa sensación, la de saber que no me quiere lo suficiente. Hicimos el amor en la habitación, en un acto desesperado por reconciliarnos. Y recuerdo, asustada, que por un segundo Dani estaba ahí, con nosotros, mirándonos. Parecía mofarse de mi destino. Parecía saberse superior a mi chico. Parecía saber que todavía le tengo muy presente.

¡No! ¡Maldita sea, no! Le odio, les odio, ¡a los dos! Me han vuelto loca, cada uno a su estilo. Las lágrimas corretean por mi cara mientras destrozo el estúpido dibujo. No, no puedo dibujar nada. ¡No lo merece! ¡No merece nada de mí! Salgo corriendo al lavabo. Me encierro en él. Estoy harta, nadie me quiere...¡Nadie! Mis padres están abajo, viendo un telefilm. Cuando he llegado a casa ni siquiera me han saludado. Mi madre estaba en la cocina y ni se ha girado para mirarme. Mi padre estaba aquí, en el piso de arriba, en el estudio, y tras media hora he tenido que ser yo quien subiera a darle dos besos. ¡Malditos! Hacía dos semanas que no les veía...¡Dos semanas sin ver a su hija, y no son capaces de mirarme a la cara! Me dispongo a vomitar. ¿Qué he hecho tan mal? ¿Por qué todos aquellos que se supone que más han de quererme me dan la espalda? Mis padres, mi chico...¡Dani!

Introduzco dos dedos en mi garganta, y esta vez no los voy a sacar. Maldito mes de Enero, menos mal que ya terminas. Que empiece Febrero. ¡Que dé comienzo el final!

6. Volver a empezar (I)

Me canso de esperar en la calle, ya que hace algo de frío. Miro mi viejo teléfono portátil. Son las nueve y media; llega tarde. Decido entrar y combinar el rugido de mi estómago con un barrido visual del restaurante. Hay un par de mesas vacías, escojo la más pequeña, ya que solo seremos dos. Me saco mi chupa de piel del Zara, y la dejo encima de una silla. Me siento y vuelvo a mirar la hora. Resoplo…qué manía tiene este chico de llegar siempre tarde, pienso. El camarero me pregunta si voy a cenar. Le digo que sí, pero que estoy esperando a un amigo. Le pido una cerveza para amenizar su retraso.

Pienso en este lugar, y esbozo una sonrisa. Siempre que vengo a este restaurante me viene a la cabeza esa frase de *Solo en casa*, cuando *Buzz* le dice a su hermano pequeño *"Serás pasto de mi tarántula, Kevin"*. Me parto. Esa película me trae increíbles recuerdos. Es uno de los símbolos de mi infancia, y también de mi visión de la navidad. ¿Cómo entender la navidad sin una buena y entrañable película? Imposible. Mi cerveza llega a su fin, y con ello mi paciencia, pero por suerte creo ver a mi amigo, el *Rastas* de la uni, a través de uno de los cristales del local. Al cabo de medio minuto ya lo tengo delante de mí disculpándose por llegar tarde. Nos pedimos, como no, unas *súperfajitas* para compartir. Mientras esperamos que nos sirvan la cena, comentamos los pósters que hay en las paredes, cinéfilos todos. Films de *Lynch, Fritz Lang* y, por supuesto, *Robert Rodríguez*, cuelgan de la pintura suave. Los rostros de *Al Pacino* y

De Niro nos observan. Imágenes icónicas, sin más. Nos preguntamos con sorna qué pinta *Myke Myers* aquí en medio. Y mientras reímos, veo que mi amigo se queda quieto, pasmado. Cuidado con lo que acaba de entrar, nene, me dice. Debe de ser un *pibón*. Giro el cuello. Y todo se detiene.

Sigo sin olvidar esa melena azabache. Tampoco esos ojos grandes. Ni esas piernas que parecen una carretera que invita a perderse. No, no me he olvidado de ti, Lorena. Tampoco de tus gritos. Ni de tus besos. Ni de la primera vez que te vi, aunque no supiera que eras tú. Tiempo después de la última vez que tuvimos noticias el uno del otro, andaba yo por mi barrio y una chica alta y de ojos grandes me paró para pedirme un cigarro. Mi corazón se aceleró sin poder remediarlo, su sonrisa, tu sonrisa, sus ojos, tu mirada, y aquellas piernas, esas que acaban de entrar por la puerta de *"La Tarántula"*, me dejaron atontado, al borde del colapso, como si fuera *Danny de Vito* al final de *Batman Returns*. Necesitaba un vaso de agua helada. Le dije a la chica que no tenía tabaco, y te quedaste sin fumar. Andados unos pasos, tuve que girarme extasiado para contemplarla nuevamente…y tú habías hecho lo mismo, sonriendo, como disfrazándote del conejo blanco. No te seguí, pero en mi frente se grabó algo. La chica llevaba puesta una camiseta de Marilyn Monroe… Dos días pasé con la duda. ¿Conozco a esa chica? Sé que sí, pero, ¿de qué?

De eso hace ya algunos años. Ha llovido mucho, y no a gusto de los dos. Me sorprendo dándote la espalda y refugiándome en los ojos de mi amigo. Has venido con tus padres. Se te ve bien, sonriente. Supongo que salir a cenar con ellos para ti supone algo importante, teniendo en cuenta vuestra relación. Espero que no sea solo fachada, y que la escena que intuyo a mis espaldas no se caiga a pedazos al mínimo despiste. Espero que no te des cuenta de que estoy aquí. No quiero movidas y, además, no estoy preparado para tenerte cara a cara.

Mierda. La última vez que nos vimos no fue precisamente agradable. Tuve paciencia, te di oportunidades para disculparte, pero escogiste, una vez más, desaparecer del mapa. No esperaba que de darse un reencuentro fuera aquí y ahora. No, simplemente no estoy listo para esto.

Empezamos a comer yo y mi colega, quien no la llegó a conocer pero ha oído hablar sobradamente de ella, y no tarda en deducir el pastel. Le confirmo telepáticamente que sí, que es Lorena. Le hago ademán de cortar el tema, hablar de ello teniéndola en el cogote me produce escalofríos. La oigo reír de manera pija e histriónica. Se me eriza aún más el cabello. Bien, me digo a mí mismo que no pasa nada, que merezco disfrutar de una cena tranquila con mi amigo, que esa chica no merece más mi atención, que se hubiera podido ahorrar todos aquellos gritos e insultos en medio de la calle, y tantas y tantas otras cosas más. Que si se da cuenta de que estoy aquí no es el fin de los días. Todo esto lo voy verbalizando en mi mente mientras mi boca habla de tonterías con mi amigo y mis ojos re-visualizan las primeras citas con Lorena. Es increíble como a veces uno puede disgregarse en tantas tareas cognitivas.

Me veo paseando por la calle y entonces sí, dándome cuenta de quién era la chica de la camiseta de Monroe. Vuelvo a verte conectada, volvemos a hablar. Quedamos por fin. Nos veo tomando algo en aquel *Bracafé*. Te veo llorando, explicándome que te dan ganas de producirte cortes para aliviar tu vacío, que prefieres el dolor físico a no sentir nada de nada. Me veo a mí mismo escuchándote, y pensando que probablemente no solo sufres de trastornos alimentarios, si no que posiblemente tengas trastorno límite de la personalidad. ¿Manías de psicólogo, o triste realidad? Nos veo besándonos. Nos veo tomando cubatas aquella noche en aquel bar de Marina. Te veo masturbándome con tus labios en el ascensor de tu edificio. Nos veo follando en mi cama. Vuelvo a verte gritar. Vuelvo a recibir los impactos de bala de tus palabras. Vuelvo a oírte. A sentirte.

Octubre. Creo que las *súperfajitas* me han sentado mal. Voy a necesitar una *resurrección por chocolate*.

7. City Hall

Uno, dos, tres. Tres chupitos de tequila.

Cuatro, cinco, *seis*.

Creo que con esto bastará de momento. El que aún será mi novio por algunas horas me mira atónito. Creo que sospecha lo que está por ocurrir. No me importa. Cierro los ojos y le abro camino a la embriaguez. Así estoy mejor. Estoy lista.

Lista para dejarle. Para vivir sin él. Para huir de su prisión. Para hacerle pagar su mal trato. Su *no* trato. Su falta de amor es mi arma. El arma con la que pienso acabar con él y hundirle en el pozo del que pienso salir yo esta noche. Un pozo que él ayudó a cavar con su actitud.

Todos esos *te quiero* no devueltos. Todas esas fotos en las que no salgo. Todos esos silencios. Y sus ojos tristes. Hace que quiera acabar con mi propia vida, robándome la alegría día tras día. Pero no, seré yo quien termine con la suya. Le odio, y pienso dejarle una cicatriz tan profunda que jamás pueda hacerle lo mismo a otra. Jamás volverá a provocar que me sienta tan mal, jamás volverá a tener la oportunidad de tratarme como si no existiera…No. Es el fin.

Sé que estoy borracha, pero así todo será más fácil. La noche transcurre como una película ajena a mí. No soy yo la que sonríe delante de sus amigos. No soy yo la que juega al futbolín con ellos. Es otra. Una chica alegre, tocada por el tequila. Una chica hermosa que parece pasarlo bien. Ésa no soy yo.

Yo soy la que lo mira todo desde la distancia, a través de un velo sucio y feo, raído. Soy la que tiene aliento ácido. La que tiene la cara hecha un asco por culpa de la mezcla entre maquillaje y lágrimas de sal. La que desea dejar de existir por una noche, o tal vez mil. La que está a punto de estallar.

Abro los ojos. Estamos en la calle, todo está borroso. Me cuesta distinguir entre luz y oscuridad. La voz de mi novio me devuelve por un momento a la realidad. Lorena, ¿estás bien? Me pregunta con cara de preocupación. Me derrumbo. Tengo mi teléfono en las manos, y una conversación de chat abierta con otro chico, que me propone ir a follar con él. Por lo visto llevamos hablando un buen rato. No recuerdo nada. Alzo la vista. Te quiero. Pronuncio estas palabras sin pensar, mientras mi corazón late rápido, hacia cualquier final. Te quiero, no entiendes cuánto. Eres la persona más importante para mí...Bueno no, son mis padres. Pero después eres tú, eres casi tan importante como ellos, eres igual de importante. Te quiero como nadie te volverá a querer...no me entiendes, no me entiendes, no me correspondes, te quiero pero veo el fin, te quiero mucho...
Sigo hablando, no veo nada. Creo que estoy llorando, pero no estoy segura. Ahora sí soy yo la que está con ellos. Mi chico me abraza, me consuela con su calor. Me besa. Me besa...y por un momento evoco aquel instante, tierno, dulce y sediento. Sabe exactamente igual. Mi interior se muere, sus labios se van...y un miedo atroz se apodera de mí.

¡NO TE VAYAS!

Se hace un silencio.

(   )

He gritado sin querer. Vámonos a casa, Lorena. La voz de mi niño suena triste. Odio ese tono triste. Primero dame un cigarro, quiero fumar, le digo. No, vámonos, necesitas descansar amor, contesta como si fuera una cría de seis años. La cría que creyó ser abandonada en la juguetería, la cría a la que le dijeron que los hombres la rechazarían, la niña de la que se reían en la escuela, la niña a la que su padre pesaba en una báscula con demasiada frecuencia para decirle lo gorda que estaba…

La niña del pijama roto.

Odio ese puto tono en su voz.

"Dame un cigarro".

Lorena vámonos, ya fumaremos en casa, pronuncia. Me está retando, me está desafiando, no quiere complacerme ni siquiera en esto, no quiere darme un puto cigarro. ¡Un puto y mísero cigarro!
"Lorena, basta. Vámonos por favor."
Su voz suena helada. Fría. Seca. Su voz es Febrero.
"Pues vete, yo me quedaré aquí esperando a que otro tío me dé uno, y luego me lo follaré."

Jódete.

"Vámonos."

"Voy a follar con otro, no te preocupes, estaré bien."

"Lorena, mañana cuando recuperes el sentido quizás te arrepientas de lo que estás diciendo."

Exploto. Noto el aire en mis mejillas, rascándolas fuerte. Noto mi pelo al viento, mi melena despegada del cuello. Noto mi bolso enredado de cualquier manera en mi cuerpo, moviéndose violentamente. De nuevo, me cuesta distinguir entre luz y oscuridad. Me cuesta respirar. Oh Dios, me cuesta tragar aire, ¿qué...qué me pasa?

Me cuesta porque estoy corriendo.

Ahora lo recuerdo, me he levantado súbitamente, he empujado a mi novio y he salido corriendo. Llego a la Gran Vía, hay muchos coches. Alguien me coge del brazo, es él, ha corrido detrás de mí.

"¡Suéltame hijo de puta! ¡Cabronazo! ¡No me toques!"

Sé que intenta salvarme. Sé que intenta que me calme pero es demasiado tarde, la decisión es firme. Y tengo que odiarle para no arrepentirme. Le odio...sigo gritando, insultando al viento. Sé que cada nueva sílaba es una bala en su corazón. Le estoy matando. Pero sigue en pie, como el soldado que piensa en su patria antes que en sí mismo.

Camino por la calzada, entre los coches. Noto que me coge a la fuerza y me devuelve a la acera. Le pego en la cara, le chillo que no me toque. Le chillo que pienso follarme a un millón de tíos más. Le grito todo lo que no me gusta de él. Lloro y muero. Es como volver a nacer. Tengo el presentimiento de que puedo caerme al suelo sin sentido en cualquier instante. Pero es importante que eso no pase, necesito mantenerme en pie. Paro a un taxi. No dejo de insultarle, tiene que entender cuánto le odio. Tiene que entender que esto es una despedida.

Adiós, amor. Adiós.

8. Volver a empezar (II)

Vale, cálmate. Respira. Hondo. Me dirijo al lavabo de mi casa, mareado. La cena ha sido potente...En muchos sentidos. Maldito guacamole, malditas *súperfajitas*, con su salsa de yogur inacabable, con sus quilos y quilos de pollo y ternera, con su no se qué picante, con su qué sé yo igualmente delicioso e indigesto, maldita muerte por chocolate. Todo tan delicioso y pesado en el estómago.

Maldita Lorena. Tan deliciosa e indigesta.

Sí...quizás lo que me aprieta cual anaconda en mi interior no sea la comida de receta mexicana. Quizás sea el recuerdo de esos inmensos ojos rasgados, de esas piernas largas, larguísimas, de su boca, cuna de besos perfectos y palabras hirientes.

Abro el grifo y veo, en algo así como a cámara lenta, como fluye el agua. Puedo sentir la vida que hay en ella, y como los puentes de hidrógeno cambian de pareja de baile constantemente. Igual que los humanos.

Mierda, qué coño estoy pensando. Debe ser el mareo, demasiada cerveza con tequila. Demasiadas calorías por aquí y por allá. Un sudor frío baja por mi sien ardiente. No tengo ganas de vomitar, pero tampoco me encuentro precisamente bien. Es como si tuviera un demonio dentro pujando por salir. A lo mejor debería intentar comunicarme con él, a ver qué quiere. Vuelvo a respirar, acto seguido me mojo la cara. Me lavo las manos, meo, me las vuelvo a lavar. Vale, poco a poco. Me dirijo al comedor, con intención de robarle algo de tabaco a mi madre. Encuentro la cajita donde guarda su material adictivo. Veo la pitillera de Marilyn Monroe que le regalé hace un tiempo. A Lorena le encanta, es su diva. *Si algún día vuelvo a quedar con ella, me llevaré la pitillera, seguro que así la dejo flipada.* Me sonrío ante tal idea, y me la guardo instintivamente en el bolsillo. Sigo hurgando en la cajita, saco un papel de liar marca OCB, y vuelco en él algo de *Amsterdamer.* Cojo una boquilla, misma marca que el papel, y la coloco a la izquierda. Creo que la gente lo suele hacer al revés, pero es que soy zurdo, así que suelo hacer lo contrario a lo que haría la mayoría.

Lo contrario…

Eso me hace pensar… ¿Qué debo hacer ahora? Bueno, creo que lo primero será terminar de liar esto. Enrollo el papel sobre sí mismo, le pego un lengüetazo en el pegamento, y le paso el índice y el pulgar por todo su cuerpo. Vaya, tiene forma de trompeta…se nota que de adolescente me fumé algún que otro porrillo. Vuelvo a sonreír, pero dejo de hacerlo al cabo de un segundo al recordar nuevamente las peores escenas con Lorena.

Pfffff…

Qué duro ha sido tenerla pegada al cogote cenando. He oído su voz entre la multitud durante un buen rato. Estaba con sus padres, si no me equivoco. Se han marchado antes que nosotros, así que no nos hemos cruzado. Cuando se ha ido, ha sido como si el local tuviera más color, como si me hubieran quitado un pie de encima del pecho. Sin embargo, me he quedado jodido. Podría haberla saludado, haberle dicho algo. Podría haber tenido más valor, y arriesgarme a ver su reacción.

Yo, versión imaginaria 1.0. *Ironía mode:* ON.

"Hola Lorena, ¿te acuerdas de mí? Soy el chico al cuál dejaste tirado en la calle hace unos meses, me insultaste a grito pelado delante de mis amigos. ¿No lo recuerdas? Vaya, debe ser que a todos les haces lo mismo."

Yo, versión imaginaria 2.0. *Porno style mode*: ON.

"Hola Lorena, ¿te acuerdas de mí? Me la comiste una vez en el ascensor del edificio en el que viven tus padres, y un vecino vuestro casi nos pilla. Por cierto, encantado, ustedes deben ser sus papis".

Yo, versión imaginaria 3.0. *Romántico barato mode:* ON.

"Hola Lorena, ¿te acuerdas de mí? Porque yo de ti sí, todas las noches, en mis sueños."

Yo, versión imaginaria 4.0. *Indiferencia mode:* ON.
"Hey".

Yo, versión imaginaria 5.0. *Asco mode:* ON.
"..."

Yo, versión imaginaria 6.0. *Rambo mode*: ON.

"He venido a vengarme por lo que me hiciste". Y entonces le clavo un nacho en el cuello.

Yo, versión imaginaria 7.0. *Psicólogo heroico mode*: ON.

"Hola Lorena. Hay algo que siempre quise decirte. Creo que sufres trastorno límite de la personalidad y necesitas ayuda profesional. Ojalá me equivoque, pero lo dudo. Quiero decirte que siempre he confiado en que eres lo suficientemente fuerte e inteligente para reconducirte a ti misma. Confío en que encuentres la manera de ser la mujer que deseas ser."

Yo, versión real. *Ansiedad mode*: ON.

¿Por qué cojones me engancho a alguien así? ¿Por qué no puedo despegarme de toda esta mierda? ¿Intento salvarla a ella, a mí, a mis padres? ¿Qué necesito? ¿Qué es lo que estoy intentando resolver aquí? Tal vez va siendo hora de que el licenciado en psicología vaya a terapia.

Tras la oscuridad, suena el teléfono. Pesadamente, me levanto. Tengo la sensación de que camino como un astronauta y que el suelo de mi comedor tiene gravedad lunar. El aparato no deja de sonar, y mientras me aproximo a él crece en mí un mal presagio. Lo descuelgo sin decir nada. Tan solo espero.

"Hijo, ¿eres tú?"

Hola, Papá.

Cuánto tiempo sin oír tu voz. Se me eriza el cráneo y todo vuelve a rodar a mi alrededor. Lorena y mi padre en la misma noche, debe ser una broma.

"¿Cómo estás?"

Maldito hipócrita, deja de falsificar tus emociones y dime qué quieres. Parece darse cuenta de mi respuesta mental, así que sin esperar mucho me dice:

"Ha llegado el momento, voy a recuperar el piso. Tu madre y tú os vais fuera".

En ese instante quedo paralizado. Me falta el oxígeno, y todo se desdibuja como cuando vas en coche atravesando la noche. Me siento en algo así como en un tiempo muerto.

De repente, el tacto. El tacto de una mano en mi hombro. Una mano familiar, y una voz que llega de lejos.

"Despierta".

Abro los ojos. Mi madre mira a su hijo, tirado en el sofá con un cigarro de liar a medio terminar en los dedos. Me pregunta qué hago aquí, que por qué no estoy en mi cama. La miro, y le digo, todavía dormido, que nos echan de casa, que viviremos debajo de un puente. Mi madre frunce el ceño y me zarandea para que me despierte del todo. La he puesto nerviosa.

Cuando cobro conciencia de dónde está el límite entre sueño y realidad, le digo que no se preocupe, que me voy a dormir a mi habitación. Debe pensar que voy muy borracho. Me giro en el límite del comedor, antes de doblar al pasillo, y la veo ahí, sola. La veo con expresión preocupada, sabiendo que aunque las palabras de su hijo solo fueran el producto feo de un mal sueño, podrían hacerse realidad en cualquier momento. Cualquier día, el menos pensado, el teléfono sonará y él estará al otro lado. Y pronunciará *esas* palabras.

Me doy cuenta de algo. Me doy cuenta de que mi modus vivendi pende de un hilo. De que no sé dónde estaremos mañana. Que quizás, dentro de no mucho tiempo, ni siquiera estoy viviendo en Barcelona. Que es posible que jamás vuelva a ver a mi padre.
O a Lorena.

Lo contrario a lo que haría la mayoría.

Sí, estoy seguro de que la mayoría la odiarían. Estoy seguro de que nadie en su sano juicio volvería a ponerse en contacto con ella después de aquello. Nadie querría a una anaconda que estrangula y se traga al que le pasa por delante. Nadie dormiría con ella después de ver sus colmillos, su verdadera cara. Estoy convencido de que, de ser otro, me la habría sudado encontrármela cenando. De ser otro, le habría contado con cara de asco a mi amigo lo mucho que detesto a esa zorra. Estoy seguro de que nadie en esta situación se iría corriendo a su dormitorio, encendería el ordenador, se conectaría a sus redes sociales y la buscaría para enviarle un mensaje privado.

"Hola Lorena, no sé si te acuerdas de mí…."

Yo sí te recuerdo. Sonrío de nuevo, al palpar mi bolsillo. No sé por qué, pero creo que esta vez todo irá mejor.

EPÍLOGO

El epitafio del campesino Heroico y la Princesa Orco

Érase una vez un reino. Precioso, de no muy vasta extensión, pero lleno de verdes pradcras y pequeñas colinas, donde las cascadas regalaban al cielo arcoíris enormes y en el que habitaban muchos, muchos animales. Tantos, que incluso ellos se comportaban como lo hacían los verdaderos poseedores de aquellas tierras: los humanos.

La gente era feliz en el reino. Tenían siempre algo para llevarse a la boca, y cada no mucho tiempo los reyes obsequiaban al pueblo con ferias, fiestas, y demás actividades lúdicas. Aún así, se les exigía, en especial a los campesinos, que trabajaran duro. La mentalidad era que, cuanto menos intelectual fuera un trabajo, más esfuerzo se le debía exigir. Así, por ejemplo, los sanadores, reconocidos por su contribución a la salud pública y sus amplios conocimientos sobre el cuerpo, los ingenieros, reconocidos por su intelecto y su capacidad para construir todo tipo de cachivaches imprescindibles para la vida, los filósofos, amados por su nobleza y raciocinio, y los profesores, respetados por ser el germen de la educación, gozaban de una total inmunidad ante las miradas de la gente y de aquellos que habitaban en el precioso castillo que se alzaba ante ellos. Sin embargo, a mineros, transportistas, campesinos y limpiadores, se les llamaba la atención de forma severa si no cumplían con su deber, o si dejaban de trabajar un solo minuto. Los mercaderes eran la excepción. Se les reconocía cierto intelecto, el suficiente para no presionarles demasiado pero no lo bastante como para dejarles en paz. Era la única profesión sobre la que se cernía un cierto equilibrio.

Los animales en cambio vivían en clanes. Formaban parte del reino, pero tenían sus propias leyes. Los humanos les ofrecían alimentos y la protección necesaria contra los humanos que habitaban más allá del río que rodeaba aquellas tierras marcando su final, y ellos ofrecían sus habilidades particulares; así, el clan de los leones ofrecía seguridad a palacio; el clan de las aves, vigilancia aérea; el clan de los gatos se encargaba de misiones de reconocimiento fuera de los límites del reino; el clan de las ovejas proporcionaba lana; el clan de las vacas, leche; y el clan de las abejas gigantes dispensaba transporte rápido y seguro. No había ningún animal o persona en el mundo que quisiera enfrentarse a una de esas enormes criaturas bicolor, de enorme aguijón trasero. Sin embargo, las abejas sabían que si atacaban a alguien morirían al perder su arpón, y es por eso que tampoco querían problemas. Antiguamente habían habitado sus propias tierras, pero ahora se encontraban acomodadas en el bienestar que les suponía formar parte de un reino mucho más grande. Aún así, la Abeja

Reina mantenía su corona, y corrían rumores de que algunas abejas pretendían devolver la independencia a su gigantesca colmena. Sin embargo, la sangre nunca llegaba al río; nunca pasaba nada. Así las cosas, los humanos las trataban con mucha simpatía y ellas parecían devolver el aprecio.

El rey y la reina formaban un matrimonio ejemplar. O al menos así se mostraban ante el público. Sus apariciones eran siempre conjuntas, siempre de la mano, siempre con gestos de cariño entre ambos. El pueblo les admiraba por ello, eran un modelo a seguir. Por eso no había entre aquellos hombres y mujeres eso que hoy se llama desamor. No existían los desaires. Las personas vivían en paz, y cuando se enamoraban, lo hacían para siempre. Eran un matrimonio ocioso, como demostraba el hecho de que siempre estuvieran organizando eventos divertidos para su gente. Simpáticos y cercanos. Así eran los reyes de aquel reino.

Solamente una persona sabía la verdad. Solo una de ellas, una, sabía que no era oro todo lo que allí relucía. La única que había pagado, y mal, el buen humor de los reyes. Su hija, la princesa del reino que, aunque ya era una joven adulta, convivía con sus padres en el castillo. No había encontrado aún un marido que la desposara y se la llevara a vivir aventuras más allá de aquellas praderas. A decir verdad, no le interesaba el matrimonio. Veía a sus padres y sentía vergüenza. Ella sabía que en realidad eran únicamente amigos, que no era amor lo que les unía, sino amistad. Sabía que habían estado enamorados tiempo atrás, pero que ahora fingían. Por el bien del pueblo, decían, que era la misma frase que utilizaban al brindar. Pero la princesa intuía que aquello no era verdad. No, la triste realidad era que eran los reyes y, de separarse, lo perderían todo. El reino se vendría abajo y ya no tendrían una posición de privilegio, perderían sus riquezas, así como todos los tratados y convenios con otros reinos, incluidos los de los animales. Todo quedaría en papel mojado, lo cual pondría en peligro sus vidas. No, era mejor fingir, restar casados e intentar vivir en paz y manteniendo sus privilegios.

Este hecho provocaba un gran malestar en la joven. Siempre lo había hecho. Desde que descubrió, siendo aún solo una niña, a su padre flirtear con otra doncella que no era su madre, entendió que la vida era frágil, y que no podría fiarse ni siquiera de sus amaestrados corceles. Y por supuesto, aún menos, de un hombre.

Pero un terrible pensamiento se asomaba desde sus más oscuros sueños. ¿Cómo alguien iba a amar a alguien que se llamaba Orco? Sí, en efecto, ése era su nombre. No un apodo, no un diminutivo, no. Orco. Sus padres la llamaron así por ponerle un nombre simpático. El nombre de una antigua raza de animales deformes y malvados que se extinguió en una sangrienta guerra contra el entonces Reino de la Colmena Honorable. Abejas gigantes y orcos feos y despreciables lucharon cruelmente en una batalla que las habitantes de Colmena Honorable ganaron con la ayuda de los humanos con los que ahora compartían reino, y por pura astucia, pues los orcos, como se sabía, no eran solo feos sino también bastante estúpidos.

Tuvo que lidiar con ese nombre toda su vida. Y fue duro. No podía evitar sentir que los niños de otras casas reales se mofaban de ella a escondidas. Incluso una vez creyó oír que uno susurraba: "ahí va la princesa Orco, tan fea como un Orco feo." Fea. La habían llamado fea, y todo por culpa de sus padres. Empezó a pensar que quizás incluso tuvieran razón. Al fin y al cabo, tenía que escuchar como cada día la llamaban por su nombre. "Orco, querida, la cena está lista", "Orco, mi princesa, necesitas cuidarte más tus cabellos", "Orco, ¿cómo van tus clases de aritmética?", "Orco, así no se hace, déjale a papá". Tantas veces escuchó la palabra "Orco" y tantas veces se sintió frustrada, que una mañana al acicalarse el pelo delante de su espejo descubrió que no era ella quien le devolvía la mirada. No, dentro de ese espejo únicamente vio a una orco fea, alisándose cabellos que parecían negras telarañas. Gritó, presa del terror, y varios sirvientes entraron para ver qué ocurría. Encontraron a la princesa, bella como siempre, alta, de piel blanca como el invierno, de labios jugosos y sonrosados, de mejillas redondas y graciosas, de impresionantes ojos rasgados y largas pestañas, de cabellos de azabache asiático, de pechos grandes como dos hermosas rocas, de vientre plano y muslos certeros, estirada en el suelo sufriendo espasmos de terror.

Al día siguiente la orco volvía estar ahí, mirándola desde el otro lado del cristal. Pero esta vez respiró profundamente, cerró los ojos, los volvió a abrir, y creyó verse a sí misma de nuevo. Pero no del todo. Tuvo que repetir este proceso todos los días; algunos conseguía dilucidar su verdadero yo, pero otros en cambio la orco se quedaba allí, mirándola, repitiendo sus mismos movimientos, con su misma gracia, con su misma soltura. Aprendió a ignorarla, por mucho que por dentro sufría lo indecible, y poco a poco esa imagen se iba apoderando de ella. Pasó el tiempo y cada vez que se reencontraba con su verdadero rostro en el espejo le costaba más reconocerse. ¿Quién era ella? La idea de que era en realidad muy fea se acabó aposentando, como sus padres se habían aposentado en el trono, aun sin amor.

¿Sería el amor, entonces, un ideal imposible? Pronto tuvo la respuesta, puesto que la adolescencia impera incluso en las doncellas de sangre tibia y tono azulado. Fue de un mercader, o mejor dicho, de un jovencísimo aprendiz de mercader, hijo de un buen hombre que ya llevaba muchas primaveras ejerciendo esa profesión equilibrada. Un buen mercader sabía cuándo comprar, cuándo vender, cuándo regatear. Un buen mercader sabía cuándo ir a un sitio u otro, sabía con quién debía hablar en cada momento para conseguir su propósito. Un buen mercader sabía mirar al futuro y atisbarlo. Y claro, un buen mercader sabía cuándo hablar y cuándo callar. Y fue ese equilibrio natural, esa naturalidad equilibrada, la que encantó a la princesa.

Al menos en un principio.

No perdió el tiempo el joven mercader para demostrar su verdadera cara. No era tan equilibrado como había dado a entender, ni tan natural. Pero sí muy listo. Cuando hubo saciado su ansia de riqueza y buenos placeres al lado de la princesa Orco, éste cambió radicalmente su actitud para con ella. Pero la preciosa Orco no era de esas damas que se echan para atrás cuando el viento les sopla en contra, no. Ella supo plantar cara.

Y le salió caro.

El joven aprendiz se rio de ella, retorció todos sus puntos débiles, pronunció su nombre hasta gastarlo, reflotó todos sus secretos, que ella, en nombre del amor, le había confiado, para rajarle así su moral y sus entrañas calientes. Terminó por amenazarla con destruir el porvenir de su familia de reyes si no le concedía un trato especial de ahora en adelante.

La relación se había acabado y ella volvió a sus aposentos de palacio corriendo y llorando destrozada, donde al otro lado del espejo volvía a esperarla su reflejo perverso. Se miró en el cristal de su tocador, y vio a ese extraño ser, con los ojos hundidos y llorosos, de piel verde oscura, de innumerables arrugas y cicatrices. Su pelo, negro y similar a las telarañas, albergaba diferentes tipos de insectos. Su boca, con pocos y podridos dientes, supuraba un extraño líquido morado por la comisura de los labios.

Hacía un tiempo que no se veía tan horrible. Mientras su idilio con el joven mercader había durado, había notado una mejoría en su estado, pero ahora todo era peor que nunca, como si ese terrible y pútrido ser jamás se hubiera movido de ahí. La imagen fue tan radical que la hizo vomitar.

Heroico, de apellido Cobarde, era campesino. Alto, se diría que guapo, de ojos claros, de tez pálida, grande, de brazos fuertes y cuerpo blandito. Los suyos sabían que era un muchacho noble e inteligente. Hacía honor a su nombre, el cual recibió con la esperanza de que gracias a portarlo pudiera, algún día, escapar de su aburrido destino y de los demonios de su apellido: La vida de campesino y la inseguridad.

Pero a Heroico no le disgustaba su vida. Sus días transcurrían tranquilos, fáciles, alejados de los cálculos y ajetreos de los mercaderes, alejados de la pedantería de palacio, alejados del centro de la ciudad y del aire malsano. Alejados de todo, en realidad. Es lo que tenía vivir en el campo: le transmitía seguridad. La seguridad de la que él, por sí solo, carecía. No le apetecía una vida llena de responsabilidades. Le bastaba con plantar todo tipo de verduras, le bastaba con recolectar la fruta, le bastaba con trabajar para su padre y que éste se las entendiera luego en el mercado. "Algún día tendrás que aprender a lidiar con ellos, Heroico, hijo", le solía decir. Pero él estaba bien así.

Sin embargo, los padres se hacen mayores, y el de Heroico no iba a ser menos. Enfermó, cosa que parecía imposible en alguien como él, que jamás había ni siquiera estornudado. Haz honor a tu nombre, hijo, y ocúpate tú de todo, le debió decir. Heroico se dispuso. Preparó los caballos, los ensilló, y cargó todo el carro con la mercancía campestre. Subió al lugar que siempre ocupaba su padre, y ordenó a los animales que echaran a andar. A lo lejos veía las casitas del bullicioso centro del reino bajo unas nubes sorprendentemente negras. Mal augurio, se dijo.

El camino no se le hizo tan largo. Fue silbando y tarareando sus canciones favoritas mientras fumaba algo de tabaco en pipa, protegido del viento bajo un par de mantas. Los caballos aguantaron bien, eran jóvenes y fuertes. Llegó al centro de la ciudad en poco más de una hora, dejó a sus animales en un establo común para los campesinos que venían a hacer sus ventas, cogió los sacos de alimentos, y fue directo al mercado. Era tal como lo recordaba. Solamente había estado ahí en tres o cuatro ocasiones, y hacía ya mucho de la última. Pero todo seguía igual, nada había cambiado. Se dirigió al primer puesto de mercadería, tal como sabía que siempre hacía su padre. Un chico joven le atendió.

—¿Me temo que viene el joven a vender? —fue el saludo que le dedicó el joven mercader.

—Temes bien, y por favor, tutéame, no soporto los formalismos —dijo Heroico pasándose el pulgar por el cuello en gesto de disgusto.

—Ya veo. Entre jóvenes nos entendemos. Nunca te había visto por aquí. ¿Eres nuevo en el reino?

—No. Soy nuevo vendiendo. Soy hijo de Fracaso Cobarde, el campesino que siempre trata con tu padre —aquí torció el gesto—. Vaya, imagino que debe de ser tu padre.

—En efecto, soy hijo del mercader que regenta este puesto, pero hoy ha salido, y además últimamente soy yo quien se encarga de casi todo. Conozco a tu padre, parece simpático, aunque le intuyo ciertas inseguridades y escuché ciertas historias grises sobre él y tu madre. Tranquilo, que no hablaremos de ello si no quieres. Sé que tu padre tiene grandes esperanzas en ti, siempre lo dice.

—¿En serio? Vaya...

Se oyó un chasquido y, acto seguido, el repicar de unos tambores, para dejar paso a una simpática melodía de trompeta. Toda la gente que había en el mercado se puso muy contenta y dejaron la calle principal libre, creando dos enormes paredes de personas que miraban impacientes hacia la misma dirección.

—¿Qué diablos ocurre? —quiso saber Heroico.

—Realmente se nota que no vienes mucho por aquí —le dijo con sorna el joven mercader—. Son ellos, la familia real, han venido a comprar. Normalmente lo hacen sus sirvientes, pero de cuando en cuando, a decir verdad con bastante frecuencia, son ellos mismos los que bajan aquí a mezclarse con su pueblo. Son una familia bastante natural, tenemos suerte. Aunque la hija...

—¿Qué pasa con la hija?

—La Princesa Orco es bastante especial, es....cómo lo diría.... —se quedó pensando unos segundos que se hicieron eternos para Heroico—. Está loca —dijo al fin—. Así de claro.

—Una princesa no puede estar loca —replicó con seguridad el campesino.

—Te aseguro que sí.

Y entonces la vio. Vestida en un largo manto de seda blanca, la princesa Orco, alta, hermosa, indescriptible, paseaba del brazo de su padre, el rey. Heroico sintió dentro de sí una punzada, y pensó que tal vez el almuerzo no le había sentado bien. De repente, sus tripas se encogieron. Definitivamente el desayuno no había sido de calidad. A medida que Orco se acercaba, los síntomas aumentaban de manera exponencial. Su pecho se calentó a una velocidad terminal, se quedó sin aire. Quizás el tabaco también estaba en mal estado. Se notó las mejillas rojas. Fiebre, tal vez. Las mantas no debían de haberle protegido lo suficiente del frío. Cuando la princesa pasó por delante de dónde él se encontraba, su corazón pareció estallar de alegría y bailó más que nunca, lo pudo sentir gritando desde el interior de su pecho, queriendo salir. ¿Loca? ¿Cómo una criatura tan hermosa podía estar loca? No, y si lo estaba no era culpa suya. Tenía que saber de qué se trataba todo aquello. Tenía que ayudarla. Quería conocerla. Y olvidando que él era un simple campesino, que formaba parte del estrato social más bajo, y que ella era una princesa, su princesa, y que había algo llamado modales, gritó con su potente voz:

—¡Princesa, tienes el rostro más hermoso del mundo conocido! ¡Si pudiera, yo que soy campesino, te sembraría para poder cultivar a cientos como tú!

Se hizo un silencio devorador. Le habían oído, y ahora que reinaba esa calma, Heroico empezaba a entender que quizás se había propasado. La princesa oteó a su pueblo, en busca del valiente que había dicho tal insensatez.

—¿Quién ha sido? —estalló el rey—¿Quién se atreve a hablarle así a su princesa?

Heroico se dio cuenta de su temeridad. Comenzó a sentir una mezcla de miedo y vergüenza, fruto de su inseguridad y la segura estupidez que acababa de cometer. Pero si algo tenía el joven campesino, era nobleza. Aceptó su error y dio un paso al frente. Ella le miró curiosa, divertida, y ante el enfado de su padre, se echó a reír. Su risa era tan dulce y melódica que se contagió rápidamente y, unos pocos minutos después, todos aquellos que allí se encontraban carcajeaban felices. Incluido el rey.

—Papá, quiero conocerle.

—Hija, es solo un campesino —le dijo el rey a su niña

tratando de mostrarse persuasivo.

—Y yo soy solo una princesa. Quiero conocerle.

Cuando Heroico vio los jardines de palacio alucinó. Eran mucho más grandes que los campos donde él plantaba con su padre los productos que luego se destinaban al mercado. Había flores allí que él no conocía de nada, y de colores que nunca había visto. Sin embargo, por muy bonitas que fueran, estaban destinadas a perecer, a caducar, a morir. Heroico sabía de una antigua leyenda que rezaba que, más allá del reino, existía una pequeña cueva custodiada por un guardián inmortal, en la que se encontraba la única flor conocida que no se marchitaría jamás: la Rosa Sempiterna. Le habló de la leyenda a su nueva amiga, mientras paseaban juntos cogidos de la mano por aquellos inmensos jardines. Ella rió incrédula.

—Pero es cierto-dijo él—. Algún día iré por ella y te la traeré.

Pocas historias de amor se conocen tan potentes y rápidas como ésta. En menos de tres semanas, ya estaban prometidos. Al rey no le hizo especial ilusión que su hija se desposara con un campesino, pero éste parecía haberse ganado todo el respeto de ella. "Y tampoco somos una familia real corriente", se dijo. El enlace se empezó a preparar justo para un año más tarde.

—Éste será nuestro año —decía Orco encantada.

—Así lo deseo, mi princesa —le contestaba él, dichoso.

Pero Orco no soportó el peso del tiempo. Fue cediendo cada vez más a su reflejo en el espejo, y comenzó a sospechar que su futuro marido no la quería lo suficiente. ¿Cómo iba a querer Heroico a alguien que tenía arañas en el pelo? No, seguro que solo estaba con ella por la fortuna de convertirse en príncipe. Él notó el cambio, pero la amaba realmente y, sabiendo sus secretos, estaba dispuesto a ayudarla. Quería alejarla de ese maldito espejismo, alejarla de todas las maldiciones que solamente en la cabeza de la princesa se hallaban. Pero no pudo. Se vio arrastrado a un tormento que únicamente alguien llamado Heroico podía soportar, aunque no sin pena.

La princesa cada día se dejaba llevar más por lo absurdo de sus pensamientos, demasiado arraigados en su mente, como el barco que se deja llevar por la más grande de las olas y se hunde en lo más profundo del mar, y sufriéndolos descargaba en su amado toda su carga. Los gritos, enfados recurrentes, y amenazas de devolverle al campo, eran constantes. Tal fue la presión entre ambos que ella enfermó realmente, y quedó en estado catatónico. Él, casi sin fuerzas, fue en busca de la mejor curandera del pueblo. La anciana mujer, dotada en artes curativas que le fueron dadas por tradición familiar, examinó a la bellísima doncella.

—No le veo nada físico. Está todo en su cabeza —dijo

con cara de preocupación.

—¿Qué puedo hacer?

—No es lo que puedes hacer, sino lo que debes. Tu princesa está cada vez más vacía por dentro, se encuentra poco a poco más cerca de la locura total. Solo el verdadero amor puede salvarla-conjeturó la anciana en tono misterioso.

—Pero yo la amo, ¿no es eso suficiente? Estoy a su lado pese a todo lo que le ocurre, no sé que más puedo hacer.

—La muestra de amor definitiva, joven Heroico. Olvida tu apellido, haz honor a tu nombre y tráele la Rosa Sempiterna. Con ella le demostrarás tu amor, y yo podré preparar la poción necesaria. Juntos la salvaremos.

—¿Cómo la encuentro?

—Llega al pie de la montaña que hay más allá del río que marca el límite del reino. Una vez allí, habla con las ardillas.

Partió a la mañana siguiente montando un caballo esbelto y blanco. Cruzó el poblado capitalino y siguió el camino que le llevaría de vuelta al campo, donde su familia residía. Más allá de sus campos se encontraba el río que delimitaba el reino. Se detuvo ante él. "Nunca lo he cruzado", se recordó. Agitó a su caballo y cruzaron a galope el puente que le llevaría lo más lejos del reino que había estado jamás.

Trotó lo más rápido que le fue posible a su caballo hasta llegar al pie de la pequeña montaña donde, según se contaba, existía la cueva. Ligó el caballo a las raíces de un árbol, y buscó con la mirada a las ardillas que regentaban la zona. No tuvo que esperar mucho. Decenas de ellas empezaron a rodearle sin casi darse cuenta. Cuando hubo cien, una habló:

—¿Qué quiere un humano en nuestras tierras, si podemos preguntar?

—Necesito llegar a la cueva en la que, según se dice, existe la Rosa Sempiterna.

—Vaya, otro humano con deseos de grandeza.

—¡No! Mi motivo es noble. La necesito para salvar a mi amada —le expuso entonces toda la situación a la cabecilla de aquella simpática tropa de roedores.

—Bien. Pero antes necesitamos alguna prueba.

—Estoy dispuesto a lo que sea.

Las ardillas formaron rápidamente un tumulto y se les oía hablar aceleradamente, incluso reír. Parecían disfrutar con todo aquello. Al fin, una habló:

—Cómete cien de nuestras bellotas. Si lo haces, prometemos creerte.

—¿Es una broma?

—No. Es un juego, nos aburrimos mucho por aquí. Cómete cien bellotas, sin beber un solo trago de agua, y te dejaremos pasar a la cueva. Palabra de ardilla.

No hizo falta decir nada, todas y cada una de las cien ardillas que ahí se hallaban habían formado ya una perfecta fila india, cada una con su bellota y una sonrisa de lo más picarona. Una a una fueron pasando, y una a una Heroico se fue comiendo las bellotas. No le resultó difícil al principio, pero al llegar a la cuarta decena, la cosa empezó a complicarse. Su garganta, totalmente seca, pedía a gritos escapar a beber el agua del río. Sus manos lloraban impotentes y dolidas de tanto pelar ese maldito fruto seco. Su estómago ya estaba lleno. Pero no se detuvo, no. Por una vez decidió ser consecuente con su propio nombre y no con su apellido, por una vez no se dedicaría a estirarse bajo su sombrero. No, esta vez se metería de lleno hasta dónde hiciera falta, y si tenía que comerse cien malditas bellotas, lo haría. Pensó en Orco, en los días en que sus lágrimas aún eran sonrisas, en su humor cíclico, en su primer paseo por los jardines. Tuvo fuerzas para llegar a la bellota cien.

—Bueno, creo que ya está —dijo a punto de vomitar-.

Las roedoras empezaron a vitorearle como si hubieran visto el mayor espectáculo de circo jamás conocido.

—Ya puedes pasar —dijeron al unísono.

Heroico se giró y donde antes solo había piedra ahora vio una obertura en el pie de la montaña. La cueva estaba ahí mismo, se había abierto para él. Se dirigió con paso firme hacia ella, y justo al entrar vio una figura embutida en una armadura de caballero, con una enorme espada y un escudo con el heraldo de una rosa.

—¿Tengo que batirme contigo? —preguntó Heroico, asombrado por aquella figura que parecía de otro tiempo.

—Yo custodio la Rosa.

—¿Tenemos, pues, que luchar? —le tembló la voz.

—Yo no he dicho eso. Yo solo custodio la Rosa —el tono que provenía de la armadura era totalmente siniestro y, a la vez, neutro.

—¿Entonces me dejas pasar?

—No. No puedo hacer eso.

—¡Entonces luchemos! —exclamó desesperado Heroico.

—Yo solo custodio la Rosa —repitió el caballero.

—¡Me estás volviendo loco!

—No es esa mi intención. Yo solo custodio la Rosa.

—No haces más que repetir lo mismo… —dijo el campesino cansado.

—No haces las preguntas correctas. Yo solo custodio la Rosa.

—Bien, entonces la pregunta más directa y sencilla que se me ocurre es… ¿Qué tengo que hacer para merecer la rosa?

—Para merecer la Rosa debes entender por qué la necesitas.

—La necesito para salvar a mi amada —repuso Heroico en un tono algo molesto.

—Eso no es cierto. La Rosa no salvará a tu amada.

—La curandera de mi reino dijo que así sería, y yo la creo. Y ahora, ¡déjame paso! —dijo muy enfadado.

—La Rosa no salvará a tu amada. Los humanos que vienen a por la Rosa siempre cometen el mismo error. No entienden a quién pretenden salvar realmente. No entienden la verdadera naturaleza narcisista del amor.

—¿Insinúas que los que vienen a por la Rosa, en realidad lo hacen para salvarse a ellos mismos?

—Así es. Tú no pretendes salvar a tu querida. Pretendes salvar a tu propia conciencia. Pretendes proteger tu propio ego. Necesitas la calma de saber que hiciste todo lo posible. Pero si de verdad quisieras salvarla no te habrías movido de su lado. La abandonaste.

—¡No! ¡Vine aquí por ella!

—La abandonaste.

Heroico se descompuso en el suelo. Se sentía atrapado en una pesadilla. ¿La había abandonado de verdad? ¿Había fallado a su princesa? Una terrible opresión en lo profundo de su psique obstruía el paso a la verdad que se había de revelar.

—Si quieres la Rosa, llévatela. Pero entiende que no servirá de nada-la armadura produjo estas palabras con el tono neutro de siempre.

—¿Pero entonces qué debo hacer? ¡No hay nada que pueda hacer! —dijo desesperado.

—Exacto —contestó el caballero, y la respuesta le cayó a Heroico como si todo el cielo se desplomara —. No hay nada que puedas hacer. Solo ámala. No te muevas de su lado. Muéstrale que estás dispuesto a no moverte de su lado. Nada más hay a tu alcance.

El caballero entonces arrancó la Rosa que había en su escudo a modo de dibujo, y a medida que se despegaba del aparentemente frío metal, un suave fuego azul envolvía lo que empezaba a ser una rosa de verdad. La Rosa Sempiterna. Heroico la tomó en sus manos, sabiendo que aquella preciosa flor era el símbolo de su derrota. Había fallado a su amada. Se dejó guiar por los consejos de los demás, y no por su propio instinto. Había intentado obrar bien, pero lo había empeorado todo aún más. Volvió a palacio y vio a su princesa, despierta, con cara de enojo.

—¿Dónde has estado? —inquirió ella.

—Fui en busca de la Rosa Sempiterna. La curandera me dijo que era la única manera de salvarte.

—Pues ya ves que no —contestó la princesa con malhumor en su voz—. Me encuentro bien, y no ha sido poca la sorpresa que he tenido al ver que no has estado aquí mientras yo me debatía en mi enfermedad.

—Lo sé, te he fallado. Perdóname —pidió el campesino agachando la mirada.

—Estoy harta de que todo el mundo me abandone a mi suerte. ¡No quiero verte más!

Y se originó así una larga discusión en la que Heroico intentó hacer entrar en razón a su princesa. Pero ella estaba demasiado disgustada, demasiado decepcionada con él. En un arrebato de furia incalculable, la princesa Orco pidió transporte para volar lejos y retirarse a pensar. La Abeja Reina se presentó en palacio bajo las órdenes de Orco, y alzaron juntas el vuelo, sin rumbo fijo. Heroico, destrozado, decidió volver con su familia, a la espera de noticias.

Mientras surcaban los cielos bajo un intenso zumbido, Orco cambió de opinión, en una nueva muestra de su humor inestable. Quizás su campesino no había hecho las cosas tan mal, quizás se había propasado con él. Seguía creyendo que la sacaba de quicio, pero concluyó que lo mejor sería hablar con Heroico. Al fin y al cabo, aún le quería. Nerviosa, le pidió con malos modales a la abeja que la llevara con Heroico. Pero a ésta no le gustaron las formas.

—Debes hablarme bien, no soy un mero transporte —amenazó la abeja.

—Eres tan solo un animal, y si no fuera por mis padres tu clan se habría extinguido hace tiempo. Ahora cállate y llévame con él.

Por la mente de la abeja pasaron entonces muchas posibilidades. Era cierto que su clan se había debilitado debido a la antigua guerra con los orcos, pero que ahora una princesa que llevaba precisamente ese nombre le hablara así, era el colmo.

—No pienso llevarte con él. Volveremos a palacio y una vez allí buscarás otra manera de encontrarle —dijo la Abeja Reina llena de orgullo.

La princesa perdió una vez más los papeles y produjo todo tipo de improperios contra la abeja y su raza, gritó hasta la extenuación, llegando incluso a agredirla. Entonces la abeja, cansada de la humillación, y en puro acto de rebeldía, torció su cuerpo y clavó su aguijón en la espalda de la princesa, inyectándole veneno en el corazón. En ese mismo instante la abeja perdió el conocimiento, y juntas vieron la muerte antes de aterrizar violentamente contra el suelo.

La noticia se expandió como la pólvora en días de guerra. Todo el mundo supo que la princesa Orco murió en accidente aéreo. Cuando Heroico lo supo su universo terminó. A él se le comunicó la verdad del asunto de manera personal: la abeja parecía haber atacado a la princesa antes de estrellarse. El accidente fue la consecuencia de la muerte de ambas y no al revés. Una verdad que de momento no se había puesto en conocimiento del clan animal, pero que acabaría por saberse. Un inmenso sentimiento de culpa se apoderó de él. Si no hubiera disgustado a Orco, nada de esto habría sucedido. Se encerró en su casa, para meditar. La cadena de sucesos comportaba ahora un tren de consecuencias devastadoras. Cuando los gigantescos insectos se dieran cuenta de que su reina carecía de aguijón y que por lo tanto había discutido con la princesa antes de estrellarse, atarían cabos. Las abejas gigantes, sin su reina particular, se podrían revelar ahora contra la casa real humana en un acto de orgullo suicida en el que nadie ganaría nada. Solo habría innumerables pérdidas en ambos bandos. Una leve sonrisa se dibujó en su rostro, a medio camino entre la melancolía, la desesperación, y la fatalidad. En medio de este triángulo, Heroico perdió su sentido de la vida. Había fallado a quien más amaba, y, ¿qué tipo de persona es uno si le falla a quien ama? Merecía la muerte. Eso pensó. Alzó la vista y la clavó en el techo. ¡La muerte! La única manera de reunirse con ella y pagar por sus pecados, y, tal vez, la única manera de salvar al reino y hacer honor de verdad por vez primera a su propio nombre.

Se dirigió a palacio con firmeza, no había tiempo que perder. Presentó sus respetos a la que tenía que haber sido su familia política. El rey confirmó sus sospechas. El clan de las abejas estaba haciendo movimientos extraños, aunque aún no se habían declarado en rebeldía. Aún había tiempo. Heroico le dijo al rey que tenía un plan, pero que necesitaba una reunión de emergencia con los nuevos líderes del clan de las abejas. El rey lo arregló todo y en dos días se preparó en el campo un encuentro clandestino entre las dos abejas que se habían alzado con el cetro de su raza, el rey, Heroico, y un par de caballeros a modo de falsa sensación de seguridad. Heroico expuso su teoría, en la que él era el único y máximo culpable. Pidió el indulto de la princesa, y ofreció su vida a cambio de la paz y de que le dieran algo de tiempo para poder dejar constancia escrita de toda su historia. Se le concedieron tres semanas, en las que escribió un pequeño libro al que llamó "Una historia no tan verdadera". Tras ello, su vida quedó sellada para siempre.

Y así fue como el campesino Heroico, de apellido Cobarde, perdió su vida para yacer al lado de la Princesa Orco, su princesa, fallecida quizás por culpa de su propia locura, fallecida quizás por culpa de los padres que no la supieron tratar, fallecida quizás por culpa del mercader que le rompió el corazón. O fallecida quizás por culpa del propio Heroico, su último gran amor que tanto le había fallado.

¿O tal vez tan solo fue mala suerte?

Una suerte amarilla y negra.

www.ingramcontent.com/pod-product-compliance
Lightning Source LLC
LaVergne TN
LVHW020323200726
843507LV00012B/2217